悪役令嬢に転生するも
魔法に夢中でいたら
王子に溺愛されました

登場人物紹介
レックス
リリアンが転生した国の王子。
幼い頃リリアンに助けられたことで、
彼女に惹かれることとなる。
リリアン
悪役令嬢に転生した、元二十三歳の日本人。
魔法に並々ならぬ憧れを抱いており、
いずれ国外追放される運命と知りながらも、
魔法の練習に夢中な日々を過ごす。

ダドリック
グリムラ魔法学園の学生。
優秀だが、好戦的でよく問題を起こす。
ルート
レックスの護衛。
生真面目だがやや臆病なところがある。
カレン
貴族ばかりのグリムラ魔法学園に、
平民ながら入学した才女。
その正体は……？
ロイ
レックスの親友。
重い病に苦しんでいたが、
リリアンに出会い救われる。

プロローグ　ゲームと違うゲーム世界

——目が覚めると、子供になっていた。

手を動かそうとして動いたのは、小さくて可愛いてのひら。この白くつやつやな手は、間違いなく自らの意思で動いていた。

私は——二十三歳だったはずなのに。

「これって……もしかして転生というやつ？」

そう口にしたものの信じられない。けれど、興奮を抑えられない。

起き上がって周囲を見渡すと、豪華な家具が見えた。

ここは一体どこなのだろう？

日本で生活していたはずなのに、どこかわからない場所で、別の姿になっている。

「これは常識外の力……きっと魔力によるものに違いないわ！」

今まで魔法や魔力といったものが登場する創作物を楽しんでいた私は確信した。これは、異世界転生だ。

そして——転生というファンタジー過ぎる現象が起きたのなら、もしかすると使えるかもしれない。

――魔法を！

これまで楽しんできた創作物の影響で、私は魔法というものに並々ならぬ憧れを抱いていた。

「魔法が使えるかもしれないのなら……試すしかないわね!!」

ベッドから飛び下りた私は、小さな身体を駆使して魔法が使えないか試した。

一心不乱に思いつく限りの呪文を詠唱し、腕を振り回す。

傍《はた》から見れば痛い行動に見えるかもしれないけれど、今は子供の姿のようだし、それにこの部屋には誰もいないから問題ないでしょう。

「なんでもいいから、魔法を私に見せて!!」

私は魔法を使う、という今までにない感覚と、それによる体験が欲しかった。

そして――それは起こった。

窓など開いてなかったはずの部屋に突如風が吹きまわり、豪華そうな家具がガタガタと揺れる。

どうやら風が発生し、家具を動かしたらしい。

本当に魔法が使える――そのことを実感し、とてつもない高揚感に包まれる。

「あはは！　これが魔法!!」

自分の体内に今までにない力が備わったのを感じる。そしてそれを使った感覚に打ち震えた。

子供の頃に「いつか手に入る」と信じ、大人になるにつれ「ありえない」と現実を受け入れるしかなかった力を、私は扱うことができたのだ。

普通の人なら、転生なんてしたとわかったら前世の自分がどうなったのか不安になったり、転生した自分の外見を気にしたり周りの環境を調べたりするだろうけど……私にとっては魔法のほうが重要だった。

「すごいすごい！　こんな力を使えるなんて!!」

興奮が収まらず、再び風を、今度は家具を吹き飛ばすほどの暴風を出せないかと意識を集中する。するとと今度は家具が大きく傾いだかと思うと、音を立てて倒れた。

一度成功したからか、意識を集中することでさっきよりも強い風を起こせたようだ。それに歓喜して飛び跳ねていると……急激に頭に血が上るような感覚を受け、意識が薄れていく。

そして――


――次に目が覚めた時、私は様々なことを理解した。

ベッドの上に起き上がり、隣に座る初老の男性を眺《なが》める。

使用人が慌てふためきながらも畏《かしこ》まった様子なので、この人がこの豪華な屋敷の主人で、私の父親なのだろうと思った。

「リリアンの部屋からとてつもない音がしたと聞いて焦ったが、無事でよかった」

「はい……お父様、申し訳ありませんでした」

貴族の娘らしさを意識しながら、私は話す。

そして、意識を失ったことで混乱していることにして、お父様から様々な情報を聞き出すことに成功した。

転生した私は——公爵令嬢、リリアン・カルドレス。

その名前から、私は以前プレイした乙女ゲームの世界に転生したのではないかと推測した。

確信を持てない理由は、リリアンというのがゲームの主人公ではなく、敵キャラ——いわゆる悪役令嬢と呼ばれるポジションのキャラクターだからだ。

リリアンが登場するのは主人公が十五歳で魔法学園に入ってからのため、彼女の子供時代の話は、ゲーム中では描かれない。

よって名前だけでは本当にこの世界が私の知っているゲームの世界なのか判断するのは難しい。

そもそもゲームをしたのは少し前だから、記憶が不確かだ。まず私は、お父様と話をしながらこのゲームの内容を思い出そうとした。

真っ先に思い出したのはゲームの主人公にして、四人の男性から好意を持たれることになるカレンだ。

次に思い出したのは、ゲームだと必ず初回に攻略することとなる男性、この国——アークス王国の王子であるレックス・アークス。

他の攻略キャラの名は確か——ロイ、ルート……それからあと一人いた気がするのだけど、なんという名前だったか忘れてしまった。とにかく、誰を攻略するにしても、メイン攻略対象であるレックスとは必ず関わることになる。

この乙女ゲームはカレンたちの通う魔法学園での学生生活と、そこでの恋愛模様が中心となって話が進む。

　この世界に生きる人は皆、体内に魔力という特殊なエネルギーを備えている。

　しかし一部の才能ある人のみがその魔力を使い、魔法を扱えるのだ。

　そんな魔法を使える者しか入学を許されないのが、ゲームの舞台となるグリムラ魔法学園だ。

　この世界では魔法が重んじられている。魔法を使える者は重用され、さらに功績をあげた者には爵位が授けられる……昔からそんな歴史が続いたおかげで、魔法を使えるのは貴族がほとんどだった。だからグリムラ魔法学園に通うのも貴族の子女ばかりなのだが、そこに平民でありながら魔法の才能に溢れたカレンが入学して物語は始まる。

　カレンは優秀で、学園の入学試験で一番を取る。それまで魔法に関しては誰よりも優秀だったレックスは彼女に負けたことで、カレンのことを競い合える相手として興味を持つのだ。

　そして――レックスの婚約者であるリリアンがカレンに嫉妬し、あの手この手で邪魔をする。

　リリアンはカレンを害そうと様々な悪事を働き、しまいには関係のない人々まで巻き込むほどの事件を起こしてしまう。それはレックス以外を攻略しようと変わらないシナリオで、カレンを目の敵にするリリアンの妨害を乗り越え、カレンと攻略キャラクターは絆《きずな》を深めていく。

　悪事の犯人だと露見したことでリリアンは断罪される。

　それが、思い出した限りでのリリアンの顛末《てんまつ》だ。

　とすると、リリアンが真っ先に関わるゲームのキャラは、婚約者であるレックスだろう。

　ゲームと同じように、リリアンがレックスの婚約者になるならば、この世界は乙女ゲームの世界なのだと確信できそうだ。

しかしそんなことよりも——優先すべきことが、私にはある。

「お父様！」

「ど、どうした？」

「魔法って、素晴らしいですね!!」

そう、今はゲームのことよりも、この世界で扱える魔法のほうが重要だ。

様々な属性を備えた魔法。空を飛んだり魔力を持つ化け物を撃退したり……魔法は奥が深すぎる。

ゲームで得た知識を思い返し、この世界に存在する魔法の素晴らしさを話していると……お父様が訝《いぶか》しそうに告げる。

「……リリアン。お前はなぜ先ほど私に謝罪をしたのだ」

「えっと……部屋を滅茶苦茶にしてしまったので」

「私が憂慮しているのは、自らの魔力量を超える魔力を使ったことだ！　魔力切れになるほど魔法を使ってはならないと言っておっただろう!?」

お父様は、無茶苦茶怒っていた。

魔力切れ——魔法を覚えたばかりの子供は、身の丈に合わない魔法を使ってしまう。それだけでなく、魔力が足りなくてもなお魔法を使おうとして、体力を魔力に変える。

魔力切れの状態で魔法を使い続けたら意識を失い眠り続けることもあるのだという。

愛娘が意識不明の重体になりそうだったとあれば、お父様が怒るのも頷ける。

「成長して魔力が安定するまで、リリアンは魔法を使わなくてよい！」

「いいえ。魔法は使います」

お父様が心配して言ってくれたことを、私は拒む。

するとお父様は驚いたけれど、なにか思い当たったような顔で呟いた。

「なっ……そうか、書庫にあった魔法に関する本を読んだのだな……私も若い頃は、魔力を高めようと研鑽《けんさん》に励んだものだ。やはり血は争えないな……それなら、魔力切れにだけはならないようにしてくれ……」

お父様は、そう言ってうんうんと頷く。

そんな本のことは知らないけれど、私はゲームの知識によりお父様が納得した理由に見当がついていた。

魔法というのは、使えば使うほど体内の魔力量が増え、より強力な魔法を使えるようになるのだ。

きっとお父様も昔似たような無茶をしていたのだろう。

「はい、魔力切れはなるべく起こしません」

「なるべくではない!!」

——リリアンの父親って、ゲームでは娘に甘かったはずだけど、無茶苦茶怒るわね。

これは愛娘に危険な目に遭ってほしくないということだろうか。

「絶対に起こしません……たぶん」

私がそう宣言すると、お父様は今度こそ納得したようだった。

たぶんって、私は言ったからね。小声だけど。

だって、魔法を使えると思うと嬉しすぎて、止まれる気がしない。

転生したということは前世の私は死んだのだろう。だけど、もう仕方ない。

悪役令嬢に転生したけれど——魔法を使えることが嬉しかったから、不安はまったくなかった。

第一章　乙女ゲームの世界に転生したようです

あれから半年が経過して、すっかり公爵令嬢らしい振る舞いが板についてきた。

前世を思い出したのは七歳。それまでのリリアンの記憶はなく、戸惑うことが多かったけれど、子供だから非常識なことをしてもどうにかできた。

前世を思い出した時のショックで忘れてしまったのか、あるいは元々存在したリリアンの魂を前世の記憶を持つ私の魂が追い出してしまったのか、真相はわからないけれど……とりあえず、私はあの時に転生したのだと思うことにしている。

「転生したことにも驚いたけど、この視点の低さには感動するばかりね……」

転生したとわかった時は仕事の忙しさのあまり現実逃避したくて夢でも見ているのかとも思ったけれど、半年もすればこの世界が私にとっての現実だと理解できている。

広すぎる部屋の大きなベッドに寝転がりながら、私は転生する前の私自身のことと、ここ半年のことを振り返る。

この世界の元となっているであろうゲームをしたのは結構前の話で、正直記憶は曖昧だ。けれど、自分なりにこの世界のことを調べることでだいぶ情報の整理ができた。

移動手段は馬車が主で、建物は中世ヨーロッパ風だけれど、魔法によってこの世界の生活は、おおむね転生前の現代並だ。

転生前——元の私は不運にも通り魔に刺された、ということも思い出した。なかなかに悲劇的な最期だとは思うが、今の私はもうリリアン・カルドレスなので、済んだこととして割り切っている。

しかし、もしゲームの通り進んでしまうと、リリアンもまた大変な目に遭ってしまう。

グリムラ魔法学園での悪事が発覚したことでの断罪。

今はおそらくゲームが始まる約九年前だ。

もしかしたら……今から頑張ればリリアンの運命を変えられるのかもしれないけれど、そうなった時にその先の未来はどうなるのだろうか？

そもそもこのままなにもしなかったとして、未来がゲーム通りになるのかさえわからない。

とすれば、起こるかどうかわからない悲劇のためにあれこれ悩む必要はないんじゃないだろうか。

仮にゲーム通りの結末が待っていたとしても、確かリリアンの末路は国外追放だ。他にも色々な乙女ゲームをプレイしたけれど、似たような立場の悪役令嬢たちが辿るのは処刑とか拷問といった結末が多いから、それに比べればまあいいだろう。

そんなことを考えていたけれど、私が未来について深刻になれない一番の理由は——やはり魔法だった。

「お父様、今日は空を飛ぶことができました！　魔力で重力に抗《あらが》うことで、空中で自在に動くことができるのです。魔法というのは、こんなこともできるのですね！」

夕食の時、私は食卓で魔法と魔力について興奮しながら話していた。

するとお母様は引いている様子だったけれど、お父様は困惑しながらも頷いてくれた。

「そ、そうか……重力というものはよくわからぬが、なにも教えていないのにもうそんなことができるとは素晴らしいな！」

こうして時々現代の知識を口にしてしまうけれど、どうやら子供の戯言《ざれごと》と聞き流されているようだ。

とはいえ、私が様々な魔法を扱えるようになっているのは事実で、そのことはお父様とお母様も喜んでくれた。

私は大人向けの難しい本でもなんとなく理解できるので、書庫で魔法の本を読んでいたら、「もうこんな複雑な文章を読めるなんて！」と驚かれたこともあったっけ。

さらにその内容を実践していたら天才だと褒められて、楽しく日々を過ごしてはいるのだけど、不満なこともある。

「あの、お父様……私は、そろそろ外に出たいのですが……」

転生したあの日、魔法でひと暴れして魔力切れまで起こしてしまったものだから、行動を制限されてしまったのだ。

お父様は、呆れた様子で溜め息を吐く。

「またか……まだ魔力が制御できない以上、外には出せない。また暴走したらどうするのだ？　リリアンも自分のせいで誰かに怪我をさせたくはないだろう」

それはお父様の言う通りだ。でも今の私はもう魔法を制御することができる。

「それに、一度執事と共に外出した時、魔力切れで倒れただろう。執事がこの世の終わりのような顔をしていたのを忘れたのか？」

「うっ⁉」

それは実際にやってしまったことだ。魔法に夢中になるとついつい限界を忘れてしまう。執事には、本当に悪いことをしたと反省している。

転生して五分も経たずにやらかした上に、その後も相当色々なことをしでかしたので私を外に出すのは危険だと認識しているのだろう。

「わ、わかりました……」

お父様たちにはそう言いながら、しかし、私は既に、外へ出ることを決意していた。

翌日――私は屋敷の人たちに内緒で、屋敷から少し離れた場所にある森へ向かっていた。

外からは鬱蒼《うっそう》として見えたけれど、足を踏み入れると木漏れ日が暖かい。

「バレないか不安だけど、きっと大丈夫のはず……」

森に到着した私は、ここまでの道のりを思い返す。

昼過ぎ、私はいつものように屋敷の二階にある書庫で読書をしていた。

私がこの半年間でやらかしてきたせいもあるけれど、それでなくともお父様とお母様はだいぶ過保護なようで、なにをするにも執事たちの監視がつく。

とはいえ、集中したいから一人にしてほしい、と頼めば彼らは部屋の外で待機してくれる。

だから勝手に外へ出ることはできないのだが、部屋の中では自由だ。

どうやら執事や使用人たちは、私が外へ出たり魔法を使いすぎたりしなければ、自由にさせるよう言われているらしい。

お父様もお母様も私が魔力切れを起こすのは心配なようだけど、それでも魔法自体を禁止しようとはしない。魔力は使えば使うほど上がるから、私の成長を阻みたくないのだろう。

それなら、心配してくれるみんなには悪いが私はやっぱり魔法を探求したい！

身勝手かもしれないけれど、外に出て魔法や魔力について、もっと多くのことを知り、体験したいのだ。

「さてと……これでしばらくの間、執事たちは外で待機してるから、その間に行きましょう」

私は音を立てないように窓を開けるとそこから飛び降りる……のではなく、編み出したばかりの魔法で空を飛び、屋敷を抜け出した。

執事たちも私が窓から抜け出すとは考えてなかったみたいで、私の目論《もくろ》みはたやすく成功した。

私は森の中を探索しながら歩く。

この森は魔力に満ちていて、そこにいるだけで自分の中に魔力が満ちるのがわかる。

ゲームの設定では、世界には魔力が湧き出る「魔力領域」と呼ばれる場所があり、この森もその一つだ。

そしていずれ私が通うことになるであろう、ゲームの舞台であるグリムラ魔法学園もそういった魔力領域に建てられているのだ。つまり、約九年後には魔力領域の中で学園生活を送れる。

それはわかっているけど……九年も待てなかった。魔力領域でどんな魔法が使えるのか、試したくて仕方がなかったのだ。

けれど屋敷を抜け出したことがお父様とお母様にバレたら絶対に怒られる。

魔法を試したらすぐに家へ戻ろうと思っていた時——

「——うわぁぁっ!?」

少し離れた場所から、男の子の甲高い声が聞こえた。一体何事かと思い、急いでその場へ向かう。

行き着いた先には、大型のトラのようなモンスターに襲われている男の子の姿があった。

短い金髪に藍色の大きな瞳をした、小柄で端整な顔立ちの男の子が、獰猛《どうもう》なモンスターを前にして硬直している。

さっきの声の主は、あの子だろう。

あんな大きいトラ型モンスターに噛みつかれでもしたら、一口で身体の半分くらい食われそうだ。

けれど今の私なら戦えると思い、男の子を助けようと前に出る。

「ここは私に任せてください！」

私は男の子を落ち着かせるように声をかけた。

「おっ、おいっ⁉　早く逃げろ！　どうしてこんな場所にいるんだ⁉」

全身を震わせていた男の子の必死な叫びが、背後から聞こえる。

その発言をそのまま返したいけれど、そんな余裕はなさそうだ。男の子の声と同時にモンスターが私のほうへ視線を向け威嚇《いかく》してきた。

どうやらこのモンスターは、私のほうを危険な敵だと認識したみたいだ。

モンスターを睨《にら》んでいると、背後から男の子が再び必死な声で叫ぶ。

「そいつはクロータイガーだ！　爪の破壊力はとてつもないぞ！」

「このあたりに住むモンスターでも強い部類ですね。けれど問題ありません」

男の子はモンスターに詳しいようだ。クロータイガーという名前はゲームで聞いたことがある。

確か、その爪で傷つけられると一生治せない呪いの傷になるのだとか……

この国では危険視されているモンスターのはずだが、力を試すいい機会だ。

私はクロータイガーに右手をかざし、風の弾丸を放つ。

ゲームによると、リリアンは風と雷の魔法が得意ということだったから、私はそれらの魔法を中心に訓練をしていた。

人は生まれながらに扱える魔法の属性が決まっている。その中でも自分の得意な属性を早いうちに見極め、その属性の魔法を使い慣れることで自分の魔力を使いこなしやすくなる。結果として得意な属性以外も巧みに扱えるようになるのだという。

問題は自分がどの属性の素質を持つかわからないことで、苦手な属性や、そもそも素質を持たない属性の魔法を必死に修業して結局なにも身につかない……ということもあるらしい。

しかし私はゲームの知識のおかげで、リリアンの持つ素質も得意な属性も初めからわかっていた。

いつもと同じ感覚で魔法を放ったつもりだったが、魔力領域にいるおかげか思った以上の威力になってしまった。

周辺の木々が大きく振動する。

「なっ……!?」

男の子の唖然とした声が聞こえる。

森の魔力を利用した魔法——風の魔力による弾丸は、クロータイガーを吹き飛ばして、意識を奪っていた。

「流石《さすが》に……仕留めることはできませんか」

それでも、しばらくは目覚めないだろうから、今のうちにトドメをさしておこう。

——ゲームだと「クロータイガーを倒した」の一行で倒せるモンスターでも、間近で見るとかなり怖いわね。

そう思っていると、男の子が近づいてきて、信じられないと言わんばかりに目を見開く。

「な……おまえ、なんだその力は!?」

「魔法です」

「そんなことは知っている！　どうしてそこまでの魔法を使えるのかと聞いているんだ！」

あ、そっか。

私としては魔法を使えるだけですごい！　という認識だったけど、この世界の人にとって魔法を使えること自体は珍しいことじゃないんだ。

だけど、そんな世界でも私の魔法は、驚くレベルなのだろうか。他を知らないからわからない。

どう説明しよう？

呆然としながらも私をじっと凝視《ぎょうし》しているあたり、男の子は興味津々なようだ。

そこまで考えたところで、そもそもどうしてこの子は一人でこの森にいるのか疑問に思い、つい尋《たず》ねてしまった。

「あの、どうして貴方は一人でこの森に？　危ないですよ？」

そう尋《たず》ねると、男の子は悔しげに俯《うつむ》いた。不思議に思いながら見つめていると、男の子は顔を上げ、こちらを睨《にら》みつけた。よく見ると、顔が赤い。

その反応を見てようやく、今の私は子供だから、同じ年頃の異性に心配されたことが恥ずかしくなったんだね、と気づく。可愛いなあ。

転生前の自分から一回り以上は年下の男の子だから、つい子供扱いしてしまう。

男の子がそれが不満だったのか、ムッとした様子だった。

「おっ、おまえも一人だろ……クロータイガーが見たかったんだよ……おまえは？」

確かに、私も子供なのだから一人でこんな薄暗い森に来ていることを疑問に思うのは当然だ。

この男の子が何者かはわからないけれど、もう会うことはないだろうと、私はここに来た理由を話すことにした。

「魔法を試したかっただけです。一人は危険ですから、外まで一緒に行きましょうか」

私もそろそろ屋敷へ戻ったほうがいい頃だ。けれど目の前の男の子を一人にするのは危険だと思い、提案をした。

「ぐっ……明らかに同じくらいの年なのに、子供扱いされているが……」

男の子は両手を握りしめて、悔しそうにしている。

これは、転生する前のノリで会話をするのはよくないかもしれない。

思い起こせば、お父様とお母様相手の前でもつい七歳らしからぬ言動をしてしまうことが多々あった。気をつけていても思わず口から出てしまうのだ。

そうは言ってもこの状況で男の子を置いていくわけにはいかない。

私が手を差し出すと、男の子はおずおずと私の手をとろうとする。その時、落ち葉を勢いよく踏みつける音が聞こえたと思うと、木陰から執事服を着た青年が焦った様子で現れた。

「レックス様!?　急にどこかへ行かれては困ります！」

青年が必死の形相で叫ぶと同時に、他にも何人もの男たちが現れる。

先ほど私が気絶させたクロータイガーに、鎧《よろい》を着た護衛らしき青年が武器を構え警戒しながら近寄っていく。

事情を聞かれたら時間がかかりそうだ。

男の子もこれで安全だろうし、私は面倒なことになる前にここから離れることにした。

青年たちが倒れたクロータイガーを見て唖然としている今がチャンスだ。飛行魔法で身体を浮かせて、魔力を操って空中で体勢を安定させる。

すると、男の子が叫んだ。

「まっ、待て――」

もちろん待つ気はない。

あの男の子がレックス様と呼ばれたので……私は嫌な予感がしたのだ。


無事、屋敷に戻ってきた私は、書庫で今日の出来事を思い返していた。

抜け出す前、執事に「絶対に邪魔しないで、この本は多分読み終えるのに三時間ぐらいかかるから」と言いつけていたおかげで、部屋には誰もいない。

そして帰ってきた今、こうして読書をしていれば、誰も私が森に行ったなんて思わないだろう……完璧だ。

「あの子を捜していた執事らしき人、レックス様って言ってたけど……まさか、あの子がレックス王子？」

確かにあの男の子が成長して髪が腰まで伸びて凛々《りり》しくなれば、ゲームの攻略キャラであるレックス王子にそっくりだ。

つまり、さっき助けた男の子こそ、ゲームのメイン攻略キャラでリリアンの婚約者となるレックス・アークス殿下だ。けれど、まさかあんな場所で会うだなんて思わなかった。

「どうして森で、しかもクロータイガーと遭遇って……あっ⁉」

レックスとクロータイガー。

その二つの言葉を思い浮かべたことで、私の脳裏にはゲームの一場面が蘇《よみがえ》った。

レックスは子供の頃にクロータイガーに襲われて、頬に傷を負っていた。魔道具で隠していたその傷痕に、ヒロインのカレンが気づく。一方レックスは同じタイミングでカレンに一目惚れをする、というのがゲームの導入場面なのだけれど……

「あれ？　さっき私が倒したのって……クロータイガーよね？」

レックスが叫んでいたし、間違いなくあのモンスターはクロータイガーだ。

もしかしたら……本当ならレックス王子は、さっきのクロータイガーから傷を受けていたのかもしれない。

となると私が助けたせいで頬に傷があるという設定がなくなってしまい、カレンとのイベントが成り立たなくなる。

今後ゲームで起こるはずだったイベントを一つ、潰してしまった。

改めて考えると、転生してからの私は後先考えず魔法を使ってばかりだ。

今日だけでもかなりやらかしている。レックスの運命を変えてしまったこともそうだし、そもそも禁止されているのに外へ出た時点でなかなかのやらかしだ。

それも、屋敷を抜け出す時は二階から飛び降り……もし飛行魔法に失敗していたら大惨事だ。けれど、あの時の私は空を飛べるという自信があったし、実際に成功しているのだから問題はない。

「そうよ……今回の外出だって、バレなきゃ大丈夫なのよ」

我ながら楽観的にもほどがあるとは思うが、私は気にしないことにした。

今回、私はレックスを助けてしまったけど、レックスはカレンに一目惚れをするのだから、傷痕はなくてもさほど影響はない。これ以上未来が変わることがなければ、いずれ二人は付き合ってハッピーエンドになることだろう。

「森でレックス王子を助けた女の子が、まさかカルドレス公爵の令嬢だなんて誰も思わないだろうし……」

私は自分に言い聞かせるように呟いて、何度も頷く。

それに、もしこれでレックス王子とカレンが付き合わなくても、攻略対象は他にもいる。

病弱だけれど、健気でひたむきなロイ。レックスと同い年で、彼の護衛を務めるルート。

あともう一人のことはよく覚えていないけれど、三人も攻略キャラがいるのだから、カレンも誰かしらと幸せになれるだろう。

もう気にするのはやめにして、森で今までよりも強力な魔法が使えたことを喜ぶことにしよう。

そのうちまた屋敷を抜け出して森へ行こう——そう決意して、私は読書に集中することにした。

その翌日——転生してから初めて目にするアークス王家のお城が豪華すぎて、私は唖然としていた。

なぜか私は、アークス王家の城に招待されたのだ。

昨日の夜に突然話が来たみたいなのに、いつの間にか城へ行くためのドレスも準備されていた。

聞くところによると、どうやら前世の記憶を取り戻す前に私はレックスと面識があったらしい。

お父様とお母様も当然レックスとは何度か会ったことがあり、「レックス殿下がリリアンを気に入って会いたくなったのかもしれない」などと期待しているようだ。

七歳までの記憶がないからレックス――レックス殿下に気づかなかったけれど……向こうは私を見たことがあるから、森で命を救ってくれた女の子の正体がリリアン・カルドレスだとわかったのだろう。私としてはもう会いたくないが、お父様とお母様が期待しているようなので、拒むことができない。

外出したことが二人にバレたらマズいので、とにかくあれは別人だと言い張ろう。

馬車を降りるとすぐに執事の人がやってきた。どうやらレックス殿下の部屋まで案内してくれるらしい。長い廊下を渡り、部屋に到着する。

歩いている最中、執事の人がなんだか嬉しそうにしているのが気になった。

扉を開けてもらった私は頭を下げる。

「案内してくださり、ありがとうございます」

お礼を言うと、執事の人が微笑みを浮かべて話し出した。

「どういたしまして。レックス殿下は昨日からずっとリリアン様の話をしておられるのですよ」

「えっ？」

「今まで同じ年頃では間違いなく自分が一番上手く魔法を使えると豪語なさっていたレックス殿下

が、リリアン様には敵わないとおっしゃっていて……なにかおありになったのですか？」

「……なにも思いつきませんけれど」

話に聞く自信家なレックス殿下は、ゲームで見ていた十六歳のレックスとは全然違う。

私が知っているレックス殿下は、魔法学園でも随一の成績なのに、それを誇示することなく、上には上がいるのだからと平民のカレンを見習うような、謙虚なキャラクターだった。

私のやらかしで、頬の傷のことだけでなくレックスの性格まで変わってしまったのだろうか？

――そういえばゲームのレックス王子も子供の頃は自分の強さを過信していて、自分は他とは違う特別な存在だと思っていた、という過去があったっけ。

もしかしたら……ゲームでのレックスはモンスターに襲われたことで、自分は決して特別な存在ではないと思うようになったのではないだろうか。

その出来事はなくなってしまったけれど、私が助けたことで結果的にゲームと同じようにレックスが謙虚な性格になったのだとすれば、私がなにかを変えたとしても、ある程度ゲーム通りに修正されるのかもしれない。

気が楽になった私が部屋に入ると、執事の人は部屋の外に出てしまう。私は中にいたレックス殿下と二人きりになっていた。

座るよう手で示されたから、椅子に腰かけてテーブル越しにレックス殿下と対面すると……レックス殿下は私を見て、驚いた表情を浮かべていた。

「やはり昨日、俺を助けたのはリリアンだったか」

「いいえ。昨日は外に出ていませんから別人です。屋敷で本を読んでいました」

「……はっ？」

返答を聞いたレックス殿下が唖然としたように、私を見る。

こうして見ると、レックス殿下は可愛い子供にしか見えない。

レックス殿下は少し考える素振りをし、再び口を開く。

「いや、どう考えても」

「別人です」

「姿とか声とか」

「別人です」

「そ、そうか……そのほうがいいというのなら、そういうことにしておこう」

ようやく理解してくれたみたいで、私はホッとして席を立つ。

「わかっていただけたのならなによりです。それでは失礼しますね」

「ちょっと待て!?　どうして帰ろうとする!?」

いきなりレックス殿下が叫び始めたから、理由を説明する。

「私を呼んだのは森で出会った女性が私だと思ったからですよね？　それが別人なら用はないはずです」

「場所を言った覚えはないのだがな……いや、俺はそういうことにしておこうと言っただけで、本心は間違いなくおまえだと思っているぞ！　あれでごまかせたつもりなのか!?」

「なっ……」

レックス殿下がものすごく呆れている……転生前は二十代の大人だった私としては、子供に侮《あなど》られるのはショックが大きい。

呆然とする中、レックス殿下はベッドに向かい、謎の本を手に取り真剣な眼差しで話す。

「念のために用意しておいたこれを使うことになるとはな……俺は昨日助けられてから、おまえのことを調べたんだ」

私が自分について調べられていたことに驚いていると、レックス殿下は本をテーブルに置いてこちらに見せる。

その本を眺《なが》めて——私は目を見開く。

それは魔本と呼ばれる特殊な書物で……見ただけで魔力を宿しているものだとわかるこの世界特有のすごい本だ。

存在を知ってから、一度は見てみたいと思っていたものだけど、アークス王家が所蔵していただなんて……流石《さすが》は王家だ。

読みたい。

目を輝かせた私を見て、レックス殿下はニコニコしていた。

「ふっ。これから俺と話をするなら、この本を譲ってもいい……俺の所有物だからな」

そこまでして私と会話がしたいのか。

なんだかレックス殿下って、貢《みつ》ぐタイプになりそう。

殿下の将来を不安に思いつつ、私は首を左右に振る。

「そんな高価なものはいただけません。読ませていただくだけで構いませんよ」

「そ、そうか……わかった。好きなだけ読んでくれ！」

返答が想像と違ったのか落ち込んだ様子だ。だけど、私の反応をじっと見つめている姿を見ると、次はなにを貢《みつ》ぐべきかと考えていそうで少し怖い。

本を眺《なが》めながら彼の話を聞いていたけど……レックス殿下は、やけに私のことを気にしているようだった。


あれから一週間が経った。その間レックス殿下は二回もうちの屋敷にやってきた。

お父様とお母様は、私がレックス殿下と過ごした日はどんなことを話したのか、などと嬉しそうに聞いてくる。きっと私がレックス殿下に気に入られたと思っているんだろうけど、二人の期待には応えられない。

ゲームでは、主人公のカレンがどんな選択をしたとしてもリリアンは彼女を目の敵にして嫌がらせを重ね、そして断罪される。親が決めた婚約相手であるリリアンのことを、レックスは元々あまりよく思ってはいなかったらしい。

この先の未来、私はレックス殿下に婚約破棄されると決まっているのだ。

それがわかっているのだから、お父様とお母様をあまり期待させたくない。

でも、レックス殿下が来ると話し相手にならないといけないから、私としては正直嫌だったりする。

来ないでくださいと言いたいけど……お父様とお母様は私がレックス殿下と親しくなるべきだと考えているみたいだから、大っぴらに拒絶することはできない。

それでもやっぱり親しくなりすぎないようにしたいし、魔法を使う時間を削られるのは嫌だから、それとなく拒むことにしよう。

今日も私の部屋にやってきたレックス殿下に、できる限り穏便に「来るな」という意思を伝えようとしていた。

「あの、レックス殿下はどうして、何度もうちの屋敷に来るのですか？」

「いつでも俺の城に来ていいと言ったのにおまえが来ないからだろ⁉　どれだけ俺が待ち望んで……いや、なんでもない……」

いや、待ち望んでって……それに城に来ないって理由だけで、週に二回も来る？

そもそも先週行ったばかりなんだから、普通そんな頻繁に行かないでしょ。

この調子だと来週もまた二回、いや二回以上来る可能性もあるから、強めに告げる。

「私は忙しいので、週に二度も来ないでほしいです」

「そっ、そうか……」

部屋で二人きりだから思わずきつい言い方をしてしまった。レックス殿下は少し寂しげにしている。

ゲームだと長い金髪と藍色の目が美しかったけれど、今は短髪と丸く大きな藍色の目が可愛い。

確かに魅力的だとは思う。

それでも数年後にはカレンに一目惚れするのだから、仲良くしても仕方ないのだ。

それに、ゲームと違う状況になれば国外追放以上にひどい末路になる可能性だってある。そうなったらどう対処すればいいのかわからないので、ゲームの展開から大きく外れないようにしたい。

そんな風に、今後のことを考えていると――

「――それなら、どれぐらいの頻度がいいんだ？」

不安げにレックス殿下が尋《たず》ねてきて、困ってしまう。

「一ヶ月に一度、いえ……半年に一度ぐらいでしょうか」

「リリアンにとって俺はその程度なのか⁉」

私の返答に、レックス殿下はものすごく驚いていた。

実際私にとってレックス殿下はその程度の存在なんだけど……ここで頷いたら流石《さすが》に問題になるかもしれない。

「いえいえ。お互い忙しいと思って」

「そういうことか……俺のことは気にしないでいい。毎日でも会いに来るぞ！」

ええっ……来てほしくないんだけど。

「い、いや。毎日はないか。ないな……」

どうやら顔に出てしまったようで、私の顔を見たレックス殿下が落ち込む。

それでもレックス殿下はすぐに立ち直り、私をじっと眺《なが》める。

「毎日がダメなら……そうだ、リリアンは外出を両親に止められているのだったな！　俺と一緒なら許可が出るはずだぞ」

どうやら普通に会いに来ると私が嫌な顔をするから、交渉しようということね。

先週会った時もそうだったけど、私の知らないところで、レックス殿下は私のことを調べているようだ。

この子、この年でストーカーの素質があるわね……ゲームでは描かれなかったレックス殿下の一面だけど、正直知りたくなかった。

少し引きつつも、レックス殿下の提案には乗りたい。

屋敷の中ではあまり魔法を試せないし、外でも目立つから使うべきじゃないと注意されている。

高い魔力を持つ子供は価値があるから攫《さら》われる危険があるのだそうだ。それでなくとも私はそもそも外出自体禁止なのだけれど。だから、レックス殿下の言う通り外へ出られるのなら、その提案はとてつもなく嬉しい。

「それなら構いませんよ」

「そ、そうか……それはよかった」

レックス殿下が私と一緒に外出したいと言えば、お父様とお母様は反対なさるまい。

そう考えてレックス殿下の提案を受けることにしたのだけれど、レックス殿下の行動は思いの外早かった。

「おまえたち！　ちょっと来てくれ!!」

レックス殿下が叫ぶと同時に、外に待機していた執事の青年が入ってきた。そして殿下から話を聞くと部屋を出ていき、少しして慌てた様子のお父様が私の部屋にやってくる。

どうやら私の外出許可をもらおうとしたようで、お父様は戸惑いながらレックス殿下と話す。

「レックス殿下……その、リリアンと外へ行きたいとのことですが……リリアンを外に出すのは……」

「心配するな。俺の護衛はみんな精鋭だ。リリアンのことはしっかり守ると約束しよう」

その精鋭を連れていながら、あの森でレックス殿下は危ない目に遭っていた気もするけど、そんなことを言えば森へ行ったことがお父様にバレるから黙っていよう。

レックス殿下の自信満々な様子に、お父様は苦しげな表情をしつつも頭を下げる。

「そうですか……では、もしリリアンが倒れてしまった時は、よろしくお願いします」

「倒れる？　そんなことは絶対に起こり得ないが、任された」

「今のリリアンは……いいえ、レックス殿下がそこまでおっしゃるのなら、きっと大丈夫でしょう」

おそらくお父様の真意は、レックス殿下に伝わっていない。

お父様が私に、「絶対に倒れないように、魔法を使いすぎるなよ」とでも言いたげな視線を向けてくるけど、私はそこまで自己管理できないと思われているのだろうか？

全く心外だ。

それよりも、外出を許されたことが飛び跳ねたくなるほど嬉しかった。

「レックス殿下、ありがとうございます。これから毎日来ても構いませんよ！」

「あれだけ嫌そうにしていたのに、外に出られるというだけでそこまで態度を変えるとは……そういうところもいいな！」

レックス殿下はどんどん盲目的になっている気がするのだけれど、窮地《きゅうち》を助けられたことがそこまで印象に残っているのだろうか。

なんだかレックス殿下に懐かれてしまったようだ。


あのあと私の提案で、私たちは再びあの魔力領域の森へ向かうことになった。

それを聞いたレックス殿下の護衛たちは、明らかにハラハラし始めた。

「あの、護衛の人たちはどうしてあんなに怯えているんですか？」

「ああ。この間、俺を一人にしてしまって怪我をさせかけたからだろう。俺が勝手に行動したのが悪いのだから処罰させることは絶対にないと言っているのだがな……」

それなのに再び同じ場所へ向かうとなれば、怯えるのも当然だ。

馬車が目的地に着いたので、私は一人で飛び降りた。先に降りて手を差し出していたレックス殿下は寂しそうだ。

特に必要もないと思ったから手を取らなかったんだけど、レックス殿下としては振られた気分なのかもしれない。

「さて……ようやく試したかったことができそうですね」

そう言って私は森の奥へずんずん進んでいく。護衛の人たちは、怪我をさせたら問題になると焦っているようだけれど、私は強いのでそんな心配はいらない。

まっすぐ歩いているとレックス殿下が慌てて追いかけてきた。

「リリアン……その、手を、いやなんでもない」

レックス殿下は手を伸ばしては引っ込めている。

――今は私のことが気になっているようだけど、数年後にはカレンを好きになるのよね。

そんなことを思いながら、私はしばらく森の中を歩いた。時間を気にせず魔力領域を堪能できることが嬉しくて浮かれていると、木々の葉が揺れてザアザアと音が鳴った。

「うわっ!?」

レックス殿下が驚いて声を上げる。クロータイガーが一頭、木々の間から現れたのだ。

先日レックス殿下を襲ったのと同じ種類のモンスターが現れたことで、護衛の人たちが慌てて前に出ようとする。

「二人ともお下がりください！」

そう言ってくれるけど、下がるのはむしろ護衛の人のほうだ。私は彼らを手で制して言う。

「出なくていいですよ。私が倒しますから」

「はっ？」

護衛の人たちが唖然とする中、私はクロータイガーに右手をかざした。

あれから魔力のコントロールをさらに上達させたから、今度こそ一撃で仕留める。

そう決意して——森の魔力でより威力を増した暴風が、モンスターの肉体を裂いていく。

「仕留めました。レックス殿下……護衛の人に解体をお願いしてもらえないでしょうか？」

この森に棲むモンスターたちは、増えすぎると人里に出て人間を襲うので、討伐する必要があるらしい。

私はただ魔法を試したかっただけなのだが、せっかく討伐したのだから、利用できるものは利用しておきたい。

倒したモンスターを解体して皮や牙など役に立つアイテムを入手するのはファンタジーの常道だ。

「えっ!?」

レックス殿下は、私が魔法を使うところを見たことがあるはずなのに、みんなと一緒に呆気に取られているようだった。だが、私の頼みを聞くとハッとする。

「わっ、わかったが、やはりリリアンの魔力はとてつもないな……マイク！　解体を頼む！」

「わ、わかりました……」

レックス殿下に呼ばれて近づいてきた鎧《よろい》を纏《まと》った好青年、彼がマイクなのだろう。

マイクは戸惑った様子ながらも、ナイフで鮮やかにクロータイガーを解体をし始め、私はそれをじっと眺《なが》める。

私の魔法ならモンスターを問題なく倒せるから、解体のやり方さえ覚えれば冒険者になれるかもしれない。

冒険者というのは、各地を旅しながらモンスターと戦ったりダンジョンへ挑んだりして、貴重なアイテムを入手することで生計を立てる人々のことだ。

——将来、ゲームのシナリオ通り国外追放されたら、他の国で冒険者になるのもよさそうね。

ゲームには冒険者になる、なんて未来はもちろんなかったけれど、魔法でここまで戦えるのだし、国外追放されて一人で生きていくのなら、冒険者になるのが一番のような気がしてきた。

もしかしたら私は、冒険者になるためにこの世界に転生したのかもしれない。

国外追放されるのは仕方ないと受け入れていたからこそ、冒険者という職に運命を感じる。

そうと決まれば行動に出るしかない。私はまずマイクについてレックス殿下に聞いた。

「レックス殿下。今クロータイガーの解体をしている護衛の方は、もしかして元冒険者ですか？」

「ああ。マイクは冒険者から転職して護衛になったが、それがどうかしたか？」

冒険者にとって、モンスターの解体は必須の技術だ。解体の手際がいいからもしやと思ったのだが、やっぱりそうだった。

「そうなのですね！　ちょっとマイクと話をしてもよろしいですか？」

「それは構わないが……リリアンは俺よりも、マイクに興味があるのか……」

レックス殿下が構わないと言ったので元冒険者のマイクに近づき、解体の仕方や冒険者について聞く。

マイクは「なんで俺に話しかけてくるんだ？」と言わんばかりに困惑しながら教えてくれる。

チラチラと私の後ろを気にしているから振り向くと、不機嫌そうなレックス殿下の姿があった。

マイクに嫉妬しているようだから、釘を刺しておこう。

「レックス殿下、貴方は冒険者についてなにか知っていますか？」

「いや、知らない……」

レックス殿下が不満げに返答する。冒険者のことなんて、幼いレックス殿下はまだ知ろうとしたことすらないだろう。

私は諭すように、レックス殿下に語りかける。

「私は冒険者について知りたいので、マイクに聞くしかありませんよね。これは仕方のないことです」

「ぐっ……おのれマイク……」

レックス殿下が悔しげな表情でマイクを睨《にら》むと、マイクは慌てた様子で両手をあげる。

「いや、ちょっと待ってくださいよ!?　俺は……じゃねぇや、私はどうしたらいいんですか!?」

マイクはフランクな口調を言い直す。

レックス殿下の機嫌を損ねたくないのだろう。

私は冒険者について聞きたいので、レックス殿下をそれとなくこの場から遠ざけたかった。

「……レックス殿下はお疲れのようですね。馬車で休憩なさっては？」

「明らかに俺を除け者にしようとしているな!?　そんなにマイクに興味があるのか！」

私の言葉は逆効果だったようで、レックス殿下がまたマイクを睨《にら》みつける。

「いやいや！　冒険者に興味があるんでしょ！　じゃねぇ……興味があるのではないのですか？」

そう言ってマイクや他の護衛の人がレックス殿下を宥《なだ》める。まさかここまでレックス殿下が嫉妬深いとは。

マイクがレックス殿下になにか耳打ちすると、ようやく落ち着いたレックス殿下が私を見る。

「と、ところでリリアン、おまえの魔法は凄《すさ》まじいな！　それだけの腕があれば、冒険者登録ぐらい余裕でできるほどだぞ！」

「そ、そうですか……ありがとうございます」

きっとマイクが機嫌をとるために、どう褒めればいいのかレックス殿下に入れ知恵したのだろう。

レックス殿下は冒険者のことなんて知らないはずなのに、急に詳しいかのように話を始めてきたのがなによりの証拠だ。

私は溜め息を吐くと、レックス殿下も一緒に冒険者について学びましょう、と持ち掛けた。

マイクは冒険者の主な仕事を教えてくれる。大体モンスターの討伐がメインらしい。

他には、依頼を受けて要人の護衛をしたり、様々なトラブルを解決したりということもするらしいけれど、マイクは面倒だからモンスター討伐以外はしていなかったのだという。

モンスターを倒すだけでも冒険者としてやっていけるとわかって、私は今後のためにも魔法を使い続けると決めたのだった。


再び森を探索しながら、私はたびたび襲ってくるモンスターを倒していく。

モンスターとは、人間に敵意を持つ魔力生物だ。

魔力を持つ分、普通の動物よりも複雑な思考ができるようで、人間を明確に敵だと認識しているらしい。

数が増えると人間にとって脅威となるから、どこの国も冒険者にモンスター討伐の依頼を出す。モンスターを倒して解体すれば、魔道具の素材となる様々なアイテムが手に入るから、貴族や商会が依頼者になることもあるらしい。

この近辺はモンスターが増えないようにと特に討伐依頼を多く出しているらしい。その割にモンスターの数が多すぎるのではないだろうか？

「この森はモンスターが多いですね」

「ああ、それはこの森が魔力領域だからですね。魔力に溢れているから強力な魔法を使えますが、その分魔力生物であるモンスターも集まりやすいんです」

レックス殿下の機嫌がよくなったせいか、マイクは落ち着いて話せるようになったらしい。

「なるほど……それにしても、マイクが持っているその袋はなんですか？」

「これはマジックバッグといいます。見た目は小さいですが、いくらでもアイテムを詰め込める便利な魔道具ですよ」

マイクが持っていた袋を示して得意顔をする。先ほどから、入手した素材を次々に放り込んでいたから気になっていたのだ。

「マジックバッグ！　四次元空間で便利そうです」

初めて見る魔道具に私が感嘆していると、レックス殿下が口をはさんできた。

「四次元？　なんだかよくわからないが、欲しいのなら俺が手に入れようではないか！」

「いえ。まだ必要なさそうなので結構です」

「そ、そうか……」

すぐにものを貢《みつ》ごうとするレックス殿下の将来が心配になる。

確かにマジックバッグは欲しいけれど、まだただの公爵令嬢でしかない今の私が持っていたら不自然だ。

こうして少しずつ興味を示し、それとなく冒険者に必要なものを揃えていってもおかしくないように印象づけよう。

今度はクマのモンスターが現れたので、私はてのひらから電撃を発生させて撃退する。

電撃の魔法は強力で、油断すると周りの人も巻き込みそうになったが、何度か使ううちに威力を調整して、対象にだけ当てられるようになった。

倒したモンスターを解体して素材をしまいながら、マイクが私をじっと眺《なが》める。そして、心配した様子で尋《たず》ねてくる。

「あ、あの……リリアン様、大丈夫ですか？」

「大丈夫ですけど、どうかしましたか？」

なぜそんなに恐る恐る尋《たず》ねるのだろう。そう不思議に思っていると、私の隣でレックス殿下が自慢げに言う。

「きっとマイクは疲れたのだろう。俺がモンスターを解体できるようになったら、そんな弱音は吐かないぞ！」

「いや解体に疲れたとかじゃないですから！　まあ、リリアン様の魔力なら大丈夫か……」

マイクがなにを心配しているのか知らないけれど、今の私はかなり気分が高揚している。

いつも以上に魔力をうまく扱えそうな気がしていた。

それからも私は現れたモンスターたちを魔法で薙《な》ぎ払っていった。万が一に備えてマイクや護衛の人たちが前衛を務めてくれるけれど、どんなモンスターでも一撃で倒すことができた。

魔法は使うほど強くなると知っていたし、実感としてもその通りだった。だから私は魔法を使うほどにどんどん楽しくなっていって、使い続けた。

成長を実感できると、休憩しようなんて一切思えないほど熱中してしまう。

前にレックス殿下に読ませてもらった魔本のおかげでさらに様々な魔法が使えるようになった。

この森の、魔力領域の力もあって、とにかく魔法を使いたくて仕方がない。

そうして魔法を使い続けていると、急に意識が朦朧《もうろう》として——私は立っていられなくなっていた。

「リリアン!?」

慌てた様子でレックス殿下が私を支える。けれど、この症状には覚えがあった。

魔力切れ——「大丈夫、気を失うだけ」と伝える前に、私は意識を失っていた。

ベッドにしては固い感触に目が覚める。どうやら馬車の椅子に寝かされていたらしい。

ゆっくり目を開けると、焦った表情のレックス殿下がいた。

目に涙を浮かべて、顔が赤くなっている……かなり不安にさせてしまったようだ。

「心配したぞリリアン！　マイクから聞いたが、まさか魔力の使いすぎで倒れるとは……」

「倒れる直前まで元気そうだったんで大丈夫かと思っていたんですけど……気づけなくて申し訳ありません。リリアン様、疲れたりしなかったんですか？」

マイクに問われ、私は首を傾げる。

「魔力を使いすぎて倒れたことは何度かありますけど、疲れたことはありませんよ？」

そう答えると、レックス殿下はさらに驚愕したようだった。……余計なことを言ってしまった気がする。

「何度か倒れた⁉」

レックス殿下が大きな声を上げる傍《かたわ》らで、マイクは納得したような表情を浮かべていた。

「ああ……そういう人種か」

「マイク！　そういう人種とはどういうことだ⁉」

殿下はテンションが高すぎる気がする。マイクが言い辛そうに口を開いた。

「えっと……魔法に夢中になってしまう人というか……魔力切れの疲労感より魔法を使う高揚感が勝って、魔力が尽きるまで自分の状態に気づけないって人が、稀《まれ》にいるんですよ」

「なっ……そ、それは危険すぎるのではないのか⁉　お前が止めるべきだっただろう‼」

いや、あの時マイクは心配してくれていた。けれど、レックス殿下が口を挟んだことで止めるタイミングを失ったのだろう。

相手が王子だからマイクは言い返せない。ここは私が注意しておかなくては。

「レックス殿下、ご心配をおかけして申し訳ありませんでした。ですが、私を心配してくれたマイクにそんな言い方はよくないかと思います」

「なっ!? そ、そうだな……マイクよ、悪かった!!」

今にも土下座しそうな勢いで、レックス殿下がマイクに謝罪する。

自分より遥かに身分が高いレックス殿下の行動に、マイクは明らかに動揺していた。

「い、いえ、それはいいんですけど……リリアン様って、本当にレックス様と同い年ですか？」

マイクが私を訝《いぶか》しげに見るが、疑ったところで私が子供なのは事実だ。

それにしても、レックス殿下の行動を見てマイクだけでなく、他の護衛や執事たちも驚いているようだ。

特に、一番年配であろう執事は感激して涙を流している。

「レックス様がご両親以外の方に謝罪を……信じられませんぞ……」

――レックス殿下、そこまでなの？

一体、普段どんな態度なのだろうか。

ようやく身体に力が入るようになってきたので起き上がると、レックス殿下は俯《うつむ》いた。

「リリアンの父上が外出を止めていたのはこういうことだったのか……俺は、約束を守れなかった……」

「レックス殿下、気になさらないでください」

「そうは言ってもな……一時間も気を失っていたが、なんともないのか？」

確かに身体はものすごく疲れているけれど、私にはまだまだ試したいことがある。さっきモンスターを魔法で倒していた時に、閃《ひらめ》いたことが山ほどあるのだ。

ここで疲れているなんて言ったら強制的に屋敷へ帰らされそうだから、大丈夫だと言っておこう。

「はい、もうすっかり元気です。夕方になるまで時間はありますし、まだまだ魔法を使えますね」

これでまた魔法を使える！　と思っていたのに、マイクが血相を変えて叫んだ。

「いやいやなにを言ってるんですか⁉　顔は真っ青だし、この状態で魔法を使う⁉　下手したら数週間意識を失いますよ⁉」

しまった。

元冒険者のマイクは私が倒れる前に心配していたくらいだし、魔力切れについても知識があるのだろう。うかつだった。

私の動揺が顔に出たようで、レックス殿下は溜め息を吐く。

「全く……魔力は三日も休めば回復するから、しっかり休んでからまた来よう。俺としてはリリアンの子供らしい一面を見られて嬉しいぞ」

「なっっ⁉　……そ、そうですね。わかりました」

子供だと思っていたレックス殿下に子供扱いされて、私はさらに動揺する。

——魔力切れで倒れ、ここまで心配をかけてしまったからにはもう言うことを聞くしかないけれど、レックス殿下が上機嫌なのは少し腹が立つわね。

その後、帰る際にもレックス殿下がやけに私を心配していたのが気になった。

ゲームの中では悪役令嬢リリアンのほうが、レックスを気にかけていたはず。

それなのに……今の状況は立場がまるで逆だ。

でも、今はゲームが始まる九年前だし、もしかしたらゲームで描かれていないだけで、リリアンとレックス殿下にもそういう期間があったのかもしれないな、なんて私はまた楽観的に考えていた。

第二章　婚約者になりました

あれから数年経って、私は十一歳になった。

今日はレックス殿下に呼び出され、お城に向かっていた。

私とレックス殿下に魔法を教えてくれるという、家庭教師と顔合わせをするのだ。あと五年もすればゲーム通りグリムラ魔法学園に通うことになるのだが、それまでの間は家庭教師がつくのだという。

魔法についてしっかり教わるのは学園に入学してからだとばかり思っていたので、家庭教師の授業がある、と聞いた時は大喜びした。

他の貴族や、貴族でなくとも素質のある人も、親や魔法士から魔法のことを学ぶと聞いている。

そういえば、確かにゲームでもカレンは入学前に両親から魔法を教わっているという設定だった。

学園には入学試験があるのだから、それまでにある程度学んでおく、というのは考えてみれば当然の話だった。

私とレックス殿下は本を読んだり親から教わったりしてきたことで、知識も実力もかなりのものだけど、これから家庭教師のもとでさらに深く魔法を学べるのは嬉しい。

私は家庭教師がやってくるという、レックス殿下の部屋に着いた。

「レックス殿下、おはようございます」

「おはよう。今日のリリアンは元気そうでなによりだ」

開口一番、レックス殿下は私の体調を確認する。あの日殿下の目の前で魔力切れを起こして以来ずっとこんな感じだ。

ここ数年でさらに心配するようになったのは、あのあとも月に一度ぐらいの頻度で倒れていたせいかもしれない。

今でも三ヶ月に一度は倒れているけど……昔に比べるとマシになった。

本で読んだ知識を試すだけでなく、閃《ひらめ》いたことを試していくうちに、私は既存の魔法を応用して新しい魔法を編み出せるようになっていた。しかし、どうやら応用魔法を使うと膨大な魔力を消費するらしい。そのせいでたびたび魔力切れを起こすから、レックス殿下は私に無茶をさせまいと、さながら運動部のマネージャーみたいに甲斐甲斐しく世話を焼くようになっていた。

こうして二人で一緒に授業を受けることになったのも、レックス殿下の提案だそうだ。

既に私たちの関係はゲームでの設定と違っていて、今のところレックス殿下がゲームのように私を煙たがりそうにはない。

こうなると、グリムラ魔法学園に入学した時になにが起きるか不安になってくる。

まあ、ゲームのレックスはカレンに一目惚れするのだから、きっとカレンに出会えば私のことなどなんとも思わなくなるはず。

でもそれは五年も先のことだから、今はこれから訪れる家庭教師の人に集中しよう。

「どうやら、父上が呼んだ家庭教師は、この国随一の魔法士らしい……それほどでないと、リリアンの家庭教師は務まらないだろうから、当然だな！」

「そうですか。楽しみですね」

「俺としては女性のほうがよかったのだが……男性になってしまった」

——ということは、今のレックス殿下は、年上の女性が好みなのでしょうね。

ついこの前まで子供だと思っていただけに、微笑ましい気持ちになる。

「それは残念ですね。ですが、この国で最も優れた魔法士とのことですし、どんなことを教えてくれるのか楽しみです」

「な、なあ、リリアン……もう長い間俺と一緒にいるんだから、そろそろその敬語はやめないか？」

レックス殿下が話題を切って、もう何度目かになる提案をする。

これまでにも敬語をやめてほしい、と言われているのだけど、それだとゲームと違いすぎる。

既にだいぶゲームとは離れた展開になっているとはいえ、魔法に関わらないことならゲームの設定を変えたくないので、ここは断言しておこう。

「いえ。もうこっちのほうが慣れてしまいましたから」

「そうか……おや、どうやら家庭教師が来たようだな」

扉をノックする音で、話を中断する。

入れ、とレックス殿下が声をかけると扉が開き、一人の青年が入ってくる。

黒衣を纏《まと》い、長い白髪で――目の下にクマがある、顔色の悪い青年だった。

どう見てもくたびれた怪しい人だけど、シャキッとしたらかなりの美青年になるのでは。

独特な雰囲気を持つその青年に少し緊張していると、彼は頭を下げながら自己紹介を始めた。

「私は家庭教師のネーゼです。リリアン・カルドレス様は貴方ですね。よろしくお願いします」

「はい。よろしくお願いします」

「俺もいるのだが……まあいい」

ネーゼと名乗る、家庭教師の青年は、王子であるレックス殿下にはおざなりに一礼しただけで、なぜか私のほうをじっと見つめている。

私の名前だけを呼んだあたり、ネーゼは私に興味があるのだろうか……？

ゲームで見たことのない人が現れたことで、私は少し不安になる。

そんな私の様子に気づいてか、というより私のことばかり気にしているレックス殿下がネーゼの態度を窘《たしな》める。

「ネーゼ先生だったか……リリアンが怯えているから、そう睨《にら》みつけるのはやめてくれないか？」

「睨《にら》んでいるわけじゃなく、目つきが悪いだけなんですけどね……しかし、聞いていた通りお二人ともまだ十一歳とは思えない魔力を宿しています。特にリリアン様の魔力はとてつもない。その年でそれだけの力を持っておられるとは、感動するばかりですよ」

「そ、そうですか？　ありがとうございます」

突然早口で述べられたネーゼの賛辞を、私は笑って受け流した。

そう、好き放題魔法を使いまくった結果、私の持つ魔力は尋常じゃないレベルになってしまったようなのだ。転生してからというもの、魔法を使えることが嬉しすぎて自由にやってきたけれど、流石《さすが》にやりすぎたかもしれない。

レックス殿下もこの年代ではかなり上位に入る魔力と魔法の技術の持ち主のはずなのだが、私はそれ以上らしい。

ネーゼは私から目をそらし、今度はレックス殿下のほうを見る。

「さて、貴方がたは確かに子供にしては豊富な魔力を持っていますが、重要なのは魔力量だけではありません。私も暇ではないので、貴方がたが本当に、私の授業を受けるにふさわしいか……リリアン様、貴方の実力を見せてください」

「なんだと？　貴様、リリアンを愚弄《ぐろう》するのか⁉」

ネーゼはなかなか傲慢なところがあるようで、レックス殿下は気に食わない様子だ。私はレックス殿下を宥《なだ》める。

「落ち着いてください、レックス殿下」

「そ、そうだな……つい熱くなってしまった」

いくら魔力があっても、しょせん子供なのだから大した魔法は使えないだろう――とでも考えているのだろうか。ネーゼはさっさと帰りたいと言わんばかりに遠くを眺《なが》めている。

この人は最初から家庭教師をする気などないのだ。

おそらく、王様に呼ばれて渋々来ただけで、適当に理由をつけて断る気なのだろう。

それならそれで構わないけど、この国随一という魔法士が、私の魔法を見てどんな反応をするか興味がある。

「ネーゼ先生。実力を見せるというのは、これでよろしいでしょうか？」

私はそう言いながら右手を伸ばすと、魔法で鉄の杖を作り出した。そしてその杖に風と雷を纏《まと》わせる。

これはこの数年で編み出した、魔力を一瞬で物質に変換させる魔法と、複数の属性を組み合わせた魔法の合わせ技だ。

「馬鹿な!?」

ネーゼが口を大きく開いて呆然とする。

「こんなことができるのは一握りの魔法士だけだ。わっ、わずか十一歳の少女が……!?　先ほどの発言は謝罪する！　ぜひ私の手で、君を育てさせてほしいっ！」

この人、ちょっと態度変わりすぎじゃないかしら。

「そ、そうですか……」

ネーゼのテンションが急に高くなったので、私は内心引いていた。

杖を間近で見たいのか、ネーゼが近づくと、それを遮るようにレックス殿下が私の前に出る。

「おい、ちょっとリリアンと近いのではないか？　だから男の家庭教師は嫌だったんだ……」

――どうやらレックス殿下やネーゼには、私の魔法が魅力的に見えてしまうようね。

そうして、ネーゼは私たちの家庭教師をすることになったのだった。


あれから半年――私は家庭教師となったネーゼから、様々な魔法を教わっていた。

私とレックス殿下は授業を受けるため、城を出てすぐの場所にある、兵士たちの訓練用広場で待機している。

最初は室内での座学ばかりだったけど、最近は実践が主だから、雨が降っていない限りはこの広場でネーゼの授業を受けていた。

待っている間……私は、ここ半年の間に起きた色々なことを思い返す。

王国随一の魔法士だからなのか、ネーゼの授業はハイレベルな内容だった。

転生前の私はそれなりに勉強ができたので、その頃の経験が生きた。それに私の魔法に対する探究心の強さのおかげで、そんな難しい授業もむしろ楽しんで受けられた。

レックス殿下も頑張ってはいるが流石《さすが》についてこられず……今では私とネーゼによるマンツーマンの授業を見ているだけだ。

ネーゼの授業は週に一回。それとは別の日にレックス殿下に呼ばれて城へ行き、外で魔法を試すことにしている。

そういえば、いつも部屋まで案内してくれる執事の人が、レックス殿下は魔法を学びつつ、近頃は剣の習練に力を入れるようになったのだと話していた。

ネーゼの授業についていけなくて、他のことを試したくなったのだろうか。

ゲームでのレックスも、実は魔法より剣の才能があるという設定だった。けれどクロータイガーに傷を負わされたのがトラウマになり、モンスターに接近せずに戦える魔法を鍛えていたらしい。

そしてグリムラ魔法学園でカレンと出会い、魔法で彼女に負けたことから、剣の修業を始める。

魔法だけでも、剣だけでもない魔法剣士としての力を手にしたい、カレンのことを守れるように、と……。

そのはずなのだが、ゲームより先に剣に目覚めてしまうとは。


その日ネーゼは約束していた時間より少し遅れて現れた。広場に到着して準備を整えると、私たちの前に立って授業を始める。

「リリアン様、今日は新しい魔法を覚えましょう……まずは基礎鍛錬からです」

「わかりました」

「俺もわかる範囲で一緒にやるが、もうネーゼは、俺など眼中にないのだな……」

もはやネーゼはレックス殿下に興味がないようで、私の魔法と魔力にばかり関心を向けていた。

風や雷、火、水、鉄、土——各種属性魔法を一通り扱う基礎鍛錬を終えると、ネーゼは私を眺《なが》めてから言った。

「今日教えるのは回復魔法です。それでは早速試してみましょう。リリアン様の皮膚を斬りますが構いませんね？」

「ひっ⁉」

ネーゼはいきなりナイフを取り出して突き出す。

レックス殿下が即座に動き、私とネーゼの間に割って入った。

「構いませんね。じゃないだろ⁉　おまえはなにを言ってるんだ⁉」

レックス殿下の言う通りだ。

この家庭教師……いきなりナイフを突きつけてくるなんて、正気じゃない。

今のは本当に怖かった。ついすがるようにレックス殿下の腰に手を伸ばすと、ネーゼが肩をすくめる。

「回復魔法は自分の身体で試すのが一番いいんですよ。もし失敗しても私が治せますから問題ありません」

いや、ナイフで斬られるのは、痛いから普通に嫌だ。

レックス殿下に触れていた手が震える。

「リリアンが怯えているだろ！　お前のやり方は危険すぎる！」

ネーゼはレックス殿下を見下ろしながら、溜め息を吐く。

「また邪魔をしますか……リリアン様はなぜそんなに震えているんですか？　怖がる必要はありません。それにレックス様よりリリアン様のほうが強いでしょう？」

「いっ、いきなりナイフを向けられたら、誰でも驚きますよ⁉」

「そうですか？　貴方なら余裕で防げると思うのですが……」

　確かにネーゼの言う通りで、もしナイフで襲われたとしても、魔法で防ぐことは簡単にできるだろう。

　それでも普通に話してた人にいきなりナイフを向けられるのは怖い。

　レックス殿下が盾になってくれたことに安堵するけれど……とはいえ、回復魔法は使ってみたいから、覚悟を決めるしかない。

「あの、一応聞いておきますけど、ネーゼ先生はどこを斬ろうとしていたんですか？」

「頬です。回復魔法は自らの身体で試すのが一番効果的ですから。特に顔は目立つので、より身が入るというわけです。まあ、貴方がたの顔に傷を残すわけにはいきませんし、もしうまくできなければ、私が治しますのでご安心ください！」

　ネーゼは悪気なく、自分が正しいと信じている。

　失敗したら自分が治す、と言われても頬に傷ができるのはやっぱり嫌だなあ。

「私は頬を傷つけられるのは嫌ですけど、レックス殿下はどう思いますか？」

「ほらみろ！　リリアンも嫌だと言っている！　俺の身体で試そうではないか！　そうだそれがいい！」

「は、はあ……」

　そうしてなぜかレックス殿下を私が回復魔法で治すということになって、ネーゼが首を傾げていた。

私は新しい魔法を覚える時、初めは弱いものしか使えないけど、それを何百回と繰り返し徐々に身につけていく。

今回は高難易度である回復魔法ということもあり、発動するだけでも一苦労だった。教わった通りにやってみても、少し手から白い光が出るだけですぐに消えてしまう。

それでも魔力は消費されているので、発動はできているのだと信じ……それからずっと、回復魔法を覚えようと私は繰り返し繰り返し練習した。


数日経ち——今日もネーゼがレックス殿下の頬に傷をつけて、私が治せなかったからネーゼが回復魔法で傷を治す。

ネーゼの回復魔法を参考に練習すると、てのひらに発生した白い光をだんだん維持できるようになって、それを見たネーゼはとてつもなく驚いていた。

その光を制御するのに一ヶ月ぐらいかかったけれど——ようやく、レックス殿下についた傷を治すことができた。

回復魔法が使える冒険者だなんて、きっと重宝されそうだ。

今後のことを考えていた私は妄想をやめて、レックス殿下に目をやる。

回復魔法で傷の消えた頬を撫でながら、満足げな笑みを浮かべていた。

「おおっ……リリアンがついに回復魔法を！　……つまりこの俺が、リリアンの回復魔法を初めて受けた男ということか！」

レックス殿下が感極まった様子で傷のあった場所を撫でているけれど、初めて受けたからといってなんなのだろうか。

十六歳になってグリムラ魔法学園に入学すれば、レックス殿下はカレンに一目惚れをする。

これはゲームでは必須のイベントなのに……この姿を見ていると、本当にそうなるのか怪しくなってくる。

そんなことを思っていると、ネーゼがあとずさり、尻もちをついていた。

目の前の光景が理解できないと言わんばかりに、ネーゼは全身を震わせている。

「そ、そんな……本当に覚えるだなんて⁉」

ネーゼが叫んでいるけれど、一体なんなのだろう。

不審に思い聞いてみると、どうやら私がどんな魔法でもすぐに習得するから、このままでは天狗になるので、一度挫折を味わわせようと思ったらしい。回復魔法を覚えさせようとした理由はそれか。

回復魔法は、手からあの白い光を出すことまではできても、実際に回復させられるまでになるには素質がいるそうで、私が習得できたのは予想外だったようだ。

確かに、私が今まで覚えてきた魔法の中でも、回復魔法は時間がかかったな、と納得していると、なぜかレックス殿下が誇らしげに微笑んでいた。

「俺の傷を治すために、世界最高難易度と呼ばれている回復魔法を一ヶ月で習得するとはな！流石《さすが》だリリアン！　この魔法はこの大陸で三人しか扱えない魔法なんだぞ！」

「そ、そんなにすごいのですか⁉」

私が驚くと、ネーゼが立ち上がって叫ぶ。

「すごいなんてものじゃない……十代で回復魔法を扱える人など、これまで一人もいませんでしたよ！　素晴らしいぃっ‼」

そういえば、ゲーム中に回復魔法を使えるキャラはいなかった気がする。あれは誰も使えなかったからなのか。

他のファンタジー作品では回復魔法なんてありふれているから、そんなに貴重なものだとは思わなかった。

……これはまた、やらかしてしまったかもしれない。今回は特にマズい気がする。

私たちが住んでいる大陸で三人しか使えない魔法を使えるだなんて、大変なことだ。もちろんゲームのリリアンにはそんなことはできなかった。

歓喜した様子で、ネーゼが説明を始めた。

「特に素晴らしいのは、その質の高さです！　先ほどリリアン様の光を察知して理解しました。リリアン様の回復魔法は私よりも……いえ、私が知っているどの回復魔法よりも完成された回復魔法です！」

「そ、それは流石《さすが》に言いすぎじゃないかしら？」

「私は魔法のことで嘘はつきません！」

ものすごくテンションが高いネーゼが続けてまくしたてる。

「リリアン様の回復魔法なら、どんな病も治すことが可能でしょう。私は今、回復魔法の常識を覆《くつがえ》した瞬間を目撃した！　リリアン様の家庭教師をして正解でしたぁっ!!」

回復魔法を覚えただけでもやらかしたと思っていたのに、そこまでとは。

今更という気もするけれど、リリアンはグリムラ魔法学園で優等生になれる程度の力しかない。

それが貴重な魔法の使い手になってしまったらゲームのシナリオ通りにならなくなるかもしれない。

――ゲーム通り国外追放されるつもりだったのに……このことを知られたら、最悪国のために一生を捧げろ、なんてことになりかねない。

これは、どうしようもない気がするけど……まだ手はあるはず！

私が回復魔法を使えるのを知っているのは、レックス殿下とネーゼだけ。

どうするべきか必死に考え、深刻な表情で頼み込む。

「……ネーゼ先生、そしてレックス殿下。私が回復魔法を習得したということは、秘密にしてください」

二人に口止めすれば、知られることはない。せっかく習得したのにもったいないが、私も今後使わなければいい。

すると、ネーゼが驚愕の表情を浮かべる。

「なぜですか!?　回復魔法を扱える者は貴重です。リリアン様の回復魔法は規格外の回復魔法！間違いなく重宝されますよ!?」

「うむ、確か回復魔法を使える女性は、聖女として称えられていたな。リリアンももちろんそう呼ばれることになるだろう！」

そう言ってレックス殿下は笑っているけれど、私が聖女なんて無理に決まってる。

そんな大仰な肩書で称えられながら生きるなんて嫌だし、なにより私は冒険者になりたい。

ゲーム通り国外追放されたら、あとは自由に冒険者になるのだ。

それに、聖女だなんて言われて国に保護されるようなことになったら、学園に通うことすらできなくなるかもしれない。ゲームをやっていた私としてはゲームのイベントをこの目で見ておきたいので、それは絶対に嫌だ。

ネーゼを説得するのは難しそうだから、まずはレックス殿下にとにかく頼む。

「私は普通に過ごしていたいんです……どうかお願いします。私たちだけの秘密ということにしておいてくれませんか？」

「俺たちだけの……！　わかった。回復魔法が使えるというのは俺とリリアンの秘密だ！　ネーゼもそれでいいな？」

どうやら秘密を共有するというのが、レックス殿下の心の琴線に触れたようだ。

「そ、そうですか。もったいないですが、おふたりがそう言うのなら……」

ネーゼも渋々ながら納得してくれたので、私は安堵するのだった。

あれからもネーゼに魔法を教えてもらいながら過ごして、月日が経った。

今日も執事の人に案内されて、私はレックス殿下と部屋で二人きりだ。

グリムラ魔法学園に入学するまでまだしばらくあるけど、昨日お父様からとんでもないことを聞いた。

なんと、私とレックス殿下の婚約が決まったというのだ。

――全く気にしてなかったけど……私とレックス殿下って、この時期に婚約していたのね。

ゲーム開始時には既に婚約者だったのだから、当然だ。

なのにそのことを全く考えていなかったから、お父様に言われた時は驚くばかりだった。

私のお父様とレックス殿下のお父様――つまりは国王なのだが――の間で話を進めていたみたいだけど、私が結婚するのに、私になんの断りもないとは思わなかった。

一体どんな顔をしてレックス殿下に会えばいいのだろう。

この話を聞いた翌日、レックス殿下に城に招待されたから、レックス殿下も気になっているのだろう。

「リッ、リリアン……今日も元気そうだな。よかった」

「そうですね」

いつも通り私の体調を確認するレックス殿下。普段はレックス殿下がご自分から話されるのに、今日はなにも言わず、目を泳がせている。

部屋には気まずい沈黙が流れるけれど……私もなにを言えばいいのかわからない。

レックス殿下の私に対する好感度は、今とてつもなく高いはず。

それが最も大きなゲームと違う点だ……

ゲームの悪役令嬢リリアンはレックスのことが大好きで、だからこそレックスが興味を持ったカレンに嫉妬し、嫌がらせをするようになった。けれどレックスはリリアンと婚約してはいるものの、リリアン自身へは決して良い感情を抱いていなかった。

ここで私がゲームの悪役令嬢リリアンのように喜んだら、さらに好感度が上がって、もうこのあとカレンに出会っても殿下は一目惚れしなくなるかもしれない。

そう思っても、ずっと一緒にいていつも私を心配してくれたり助けになってくれたりするこの人に冷たくしようなんて思えなかった。

レックス殿下がカレンに一目惚れするのは間違いない。

それを知っているのに……私は、そうならない未来を想像している。

どうするべきか内心焦っていると、レックス殿下がじっと私を見つめ、ようやく口を開いた。

「そ、その、昨日、俺とリリアンの婚約が決まったことだが……リリアンとしては、どうだ？」

なにかを決意した様子で、レックス殿下が私に尋《たず》ねてくる。

「婚約したみたいですね」

どう返していいかわからず、つい淡泊な反応をしてしまった。

こんな返答をして、傷つけてしまわないだろうか……？

そう考えていると――レックス殿下は、感極まった表情で小刻みに震えて、目に涙を溜めている。

「だっ、大丈夫ですか⁉」

レックス殿下は一瞬目元を腕で隠すと、すぐに満面の笑みを浮かべる。

レックス殿下の嬉しそうな表情に、私はなぜか心が動きそうになる。

「大丈夫だ……そうか。拒まれるのではないかと不安だったのだが、リリアンが受け入れてくれたのはなによりだ……」

「拒むわけないじゃないですか」

「よかった……本当によかった……」

レックス殿下は感動しているけれど、婚約を拒むという発想はなかった。

ここまで好感度が上がっているのだから、ゲーム通りの関係になるためには、突き放したほうがいいのかもしれない。

けれど、レックス殿下に言われるまで婚約を拒むことを考えなかった自分に驚いてしまう。

拒んだら、ゲームの設定と変わってしまうから？

それとも……私はレックス殿下と、一緒にいたいと思うようになっているのだろうか？

——ゲームの主役はカレンで、私は悪役令嬢。

そのことを知らなければ、私はレックス殿下との婚約を素直に喜んでいたのかもしれない。

けれど私はこの先になにが起こるかを知っているし、最終的には国外追放されて、そうしたら冒険者になろうと夢見ている。

それなら、やはり悪役令嬢としての役割をまっとうするべきなのだろうか。

ゲームの悪役令嬢リリアンは、カレンへの嫌がらせ以外にも傲慢な性格でわがまま放題だったりと問題が多く、悪い噂ばかり流されている。

——今の私は、そんなことはないと思うのだけれど。

「私って、なにも悪いことはしていませんよね？」

「リリアンがそんなことするわけないだろう？　俺はそばでずっと見ていたから、心配しなくていい！　確かに強力な魔法で大惨事になりかけたことはあるが、まだ大丈夫だ！」

「そ、そうですか……」

まだっていうのが怖いわね……夢中になりすぎないようにしよう。

ゲーム通りの悪役令嬢らしくあるためには、私は色々と悪事を働く必要があるだけれど、やっぱりそんなことはしたくなかった。

それよりも、魔法のことを考えているほうが遥かに楽しくて有意義だ。

レックス殿下とは婚約が決まったけど、恋人になったわけではないから、私が「結婚するまで魔法を優先させてほしい」と言えば納得してくれる。

今は魔法のことだけ考えて、ゲームのことはゲームが始まってから考えよう。

——そう思ってもなにかあればすぐゲームと比べてしまうだろうけど……それはもう、仕方がないでしょう。


婚約が決まってから数週間が経ち、私たちは夜会に出ていた。

このくらいの年頃になるとパーティのようなものに招待されるようになり、渋々参加している。

案内された場所では子供たちが賑やかにしていた。レックス殿下はやけにうやうやしくエスコートしてくれるけど、本音を言えばこんなところに来るよりもずっと魔法を扱っていたい。

ひととおり挨拶に回ったあと、レックス殿下に申し訳なさそうな表情でこう言われた。

「リリアン、悪いが父上に呼ばれてしまってな。共に挨拶に回ってほしいらしい。少し離れるぞ」

「気になさらないでください。レックス殿下は私のことを心配しすぎですよ」

「そうは言ってもな……リリアンは今、魔法を使いたくて仕方がないだろう？」

「それは、そうですけど……」

――早く屋敷に戻って魔法の練習をしたいという思いが、レックス殿下にはわかってしまったみたいね。

「挨拶をしている時もうわの空だから不安だ……それに、ここは男が多すぎる」

「男って……同い年ぐらいの男の子がいるだけじゃないですか」

「そのどうでもよさそうな反応も不安だ……もしリリアンが誰かに興味を持ったりしたら、俺はどうにかなりそうだ」

「そこまでですか」

十二歳のリリアンにとっては同い年でも、二十三歳だった前世の記憶を持つ私にとってはやはり子供で、そんなことを思うことはない。

そして、レックス殿下が名残惜しそうに何度も私を見ながら離れていく。

これでようやく自由になった……気心の知れたレックス殿下がそばにいてくれるのは楽だけど、二人でいると目立つので気を張らなければならないのが面倒なのよね。

私はこうした改まった場にまだ慣れておらず、対してレックス殿下は完璧に作法を身に着けているから、見苦しい姿を見せないようにと緊張してしまうのだ。

レックス殿下は私のマナーについてとやかく言うようなことはないけれど、遠くで眺《なが》めているお父様とお母様が気にしてくるせいもある……私も結構頑張ったけど、やっぱり食事はリラックスしてとりたい。

レックス殿下が隣にいたせいで目立っていたから、私は端のほうへ隠れることにした。

――殿下が戻ってきたら私を探すかもしれないけど、見かけたらこちらから声をかければいいや。

そう考えながらパーティの料理でも食べようとあたりを見渡していると……車椅子に乗った男の子と目が合った。

なんだか見覚えがあるような気がして、思わず私は話しかける。

「あの……私と貴方、どこかで会ったことがありますか？」

ウェーブがかかった短い銀髪に、端整な顔立ちの美少年だ。びっくりするほど顔が小さい。

見るからに弱々しい少年に声をかけると、少年は驚いた表情を浮かべた。

「……いいや、初対面だよ。レックス君のそばにいた貴方は、もしかしてリリアンさん、かな？」

高く爽やかな声と、車椅子。

そしてレックス殿下をレックス君と呼んだことで、私は彼が誰なのか、察することができていた。

「はい。私はリリアン・カルドレスです……貴方は？」

「僕はロイ……ロイ・スラオン。レックス君の友人だよ」

やはり、この子がゲームに登場する攻略キャラの一人、ロイだ。

――まさか、パーティの最中にロイと出会うだなんて。

そもそも、ロイがレックス殿下の友人ということすら、私は忘れていた。

今まで一度も会わなかったし、レックス殿下からロイの話は出なかったのだから仕方がない。

驚く私をロイが見つめる。

儚《はかな》くも煌《きら》めきのある、金色の大きな瞳が可愛いけれど、ロイはちょっとムッとした様子だ。

「レックス君はリリアンさんの話ばかりするのに、僕には絶対会わせようとしないから、無理を言ってこのパーティに来たんだ。酷い話だよね」

「そ、そうなのですか……」

「リリアンさんが気にすることはないよ。一度貴方に会ってみたかったんだ」

理由はよくわからないけれど、殿下は私とロイを会わせないよう頑張っていたらしい。

レックス殿下が戻ってきたら聞いてみようと考えていると、ロイが苦しそうに顔を歪《ゆが》めた。

さっきも無理を言ってここに来たと言っていたから、もしかするとかなり体調が悪いのかもしれない。

「ロイ様、大丈夫ですか？」

「大丈夫……って言いたいけど、やっぱり人が多いとダメなのかな……ちょっと辛いよ」

ロイが病を抱えた美少年であることはゲームで知っていたけれど、こうして実際に見ると本当に辛そうだ。

そういえば友達と一緒にいると元気になれる、とゲームで言っていた気がするけど……もしかして、今はレックス殿下とゲームより関わってないせいで病状が悪化しているのではないだろうか？

それなら原因は、私がゲームの世界ではなかったであろう行動をし続けて、レックス殿下に懐かれたことだ。

私のせい――そう考えると背筋が凍り、罪悪感で押し潰されそうになる。

私は思わずロイを手を握った。

様子を見て駆けつけてきた執事らしき人が、ロイの背中をさすりながらこちらを見ているけれど、心配した私がただ元気づけようとしているように見えるだろう。

けれど実際は魔力を流して、そこからロイに自分の意思を伝えることに成功していた。

『私は今、ロイ様に魔力を流しました……少し楽になったはずです』

触れたところへ魔力を込めることで、私は声を出さずに意思を届けることができる。

「えっ⁉」

ロイが声を上げると、執事の人も同時に驚く。

「ロイ様⁉　どうかしましたか⁉」

私が言葉を届けたことで、ロイは唖然としている。

しかし戸惑いながら、執事の人に「なんでもない」と言ってくれた。私は再び意思を送る。

『この声は私とロイ様にしか聞こえていません……これからいくつか質問しますが声を出さず、首を振って応えてください』

そう伝えるとロイは無言のまま首を縦に振ってくれたので、私は安堵して話を続けた。

『ありがとうございます……これから話すことは、他言無用でお願いしますね』

ロイは不思議そうに首を傾げながらも頷いてくれたので、本題に入る。

『私の魔法を使えば、ロイ様の病を治せるかもしれません』

「っ⁉　ぼ、僕の病は原因が解明されていないらしくてね……誰にも治すことができないんだ」

ロイは一瞬信じられないという表情をしたものの、悲しげに首を振ると、自分語りを装いながら説明してくれた。

『それでも、試してみませんか？　ただ、もし治せたら……しばらくの間は治っていないふりをしてほしいのです』

回復魔法を使えることは知られたくない――そのはずだったのに、こうして辛そうなロイの姿を見たら放っておくことができず、私はそう提案していた。

しかし、たとえ回復魔法で治したことを秘密にしたとしても、私と会った後すぐ病が治ったら怪しまれるかもしれない。

数ケ月ぐらいは病気のふりをしてもらって、自然に治ったということにしてほしかった。

「リリアンさんの魔法がすごいのはレックス君から聞いているけど、できないこともあると思うな」

そう寂しげに話すロイは、治せるはずなどないと思っているのだろう。

私は回復魔法の光を制御し、周囲に気づかれないようロイに直接触れ、魔力を送り込む。

そのまま数分くらい他愛もない話をしていると、突然ロイが涙を流し始めた。

「っ……リリアンさんと話していると楽になれた……リリアンさん。僕は約束を守るよ。本当にありがとう」

――よかった、成功したんだ。

ロイの発言に、私は安堵する。

私はゲームの攻略キャラの一人、ロイの病を治した。

本当なら、ゲームでロイを攻略しなければ治らないという設定にもかかわらず。

思わず回復魔法を使ってしまったけど、私のせいで病が重くなってしまったかもしれないのだから、後悔はしていない。

……車椅子に乗る難病のキャラクター、という設定だったロイの両手に、私は触れる。

私が治したからには、その設定はなくなってしまうはず。

これは明らかにゲームのシナリオから逸脱した行為だ。

念のためもう一度、このことを誰にも言わないようロイに頼む。

『私が回復魔法を使えることを知っているのは、レックス殿下と家庭教師のネーゼ先生だけです。絶対に誰にも言わないでください』

「そうだね……僕の病は原因がわからなくて、ずっと治らないかもしれないし、もしかしたらなにかの拍子に治るかもしれない。だから、いつもあと半年もしたら勝手に治っているんじゃないか、なんて思ってしまうんだ」

顔色が明らかによくなっているロイが、そんなことを口にして微笑みを浮かべた。

私の願い通り、回復魔法のことを秘密にしてくれる、ということだろう。

そう考えていると――

「――ロイよ。俺の婚約者に触れるとはどういう了見だ？」

露骨に苛立っている様子のレックス殿下がやってきた。ロイが手を離す。

「レックス君。どこをどう見たら僕が触れているように見えるんだい？　明らかにリリアンさんのほうから僕の手を握ってくれていたんだよ？」

「ぐぅっ……改めて紹介しよう。彼女は俺の婚約者リリアンだ。リリアン、こいつは俺の友人ロイだ。あまり仲良くしなくていいぞ」

「酷い紹介だな……僕はリリアンさんのことは知っていたから、色々と話をしたよ。色々とね」

そう言ってロイが微笑むと、レックス殿下は驚き、嬉しそうな表情を浮かべた。

「そうか……顔色がよくなっている。治る兆候なのかもしれないな」

「ここ最近、なにか言いたそうにしていたのはこれだったんだね、レックス君……ありがとう」

二人のやりとりを見るに、どうやらレックス殿下としては、私にロイを治してほしかったようだ。

――私が回復魔法を秘密にしたいと言ったから、言い出せなかったのね。

レックス殿下もきっと、病気を治せるかもしれないと知りながらロイに話すことができず、辛かったのでしょう。

「それはいいとして……リリアンよ。俺と踊らないか？」

このパーティ会場では、中央でダンスができるようなのだけど、私は興味がない。

「いえ、私は魔法のことばかり学んでいたので、あまり踊れません」

「なら俺が教えようではないか！」

えぇっ……遠回しに断ってるのに、レックス殿下がそんなに乗り気だと踊るしかないじゃない。

そう考えていると、ロイがレックス殿下を窘《たしな》める。

「レックス君。リリアンさんは嫌がっているんじゃないかな？　レックス君と踊るより、僕と話をしていたほうがリリアンさんは楽しいと思うけど？」

「……なんだと？」

あれっ？

この二人って友達だったはずなのに、なぜか一気に険悪になってる？

「レックス君、君はリリアンさんと一緒に踊って見せつけたいんだろ。彼女が俺の婚約者ですと。そんなことのためにリリアンさんに無理強いしようだなんて。相変わらず自己中心的だね」

「ぐぅっ……やはり、リリアンとの婚約を早めたのは正解だったな」

どうやら図星だったらしい。しかし婚約を早めたのが正解とはどういう意味だろう。

私がロイと会う前に、レックス殿下は私と婚約しておきたかったということだろうか。

――子供のころから嫉妬深いところがあるとは思っていたけど、そこまでする？

唖然としていると、ロイが私とレックス殿下を見ながら楽しげに笑った。

「レックス君はさ、僕がリリアンさんに会いたいと言ったら絶対にダメだって言ったよね。ちょっと独占欲が強すぎるんじゃないかな」

「ふん……なんとでも言え。俺の行動が正しいのはお前の発言が証明した」

「そうだね。リリアンさんは、レックス君に誘われたら踊るしかないだろうし……でもリリアンさんはいずれ僕と踊ることになるかもしれないんだから、レックス君を練習相手にするといいよ」

「お前とリリアンが踊ることになるなど、未来永劫ありはしないがな！」

なんだか険悪で怖いんだけど……まずロイって、ここまで攻撃的な性格じゃなかったような気がするし、ここは私が言うしかない。

「二人とも、仲良くしてください」

ただでさえ色々とやらかしているのに、これ以上ゲームと違ったらさらにわけがわからなくなる。

ゲームの世界では仲がよかったのだから、そのまま友人でいてもらわないと。

私が二人を宥《なだ》めると、レックス殿下とロイは落ち着いたようだった。

「リリアンがそう言うのなら、そうしようではないか」

「僕はレックス君と仲がいいよ、だからレックス君の友人であるリリアンさんとも仲良くなりたいな」

「こいつ……リリアンは俺の婚約者なのだから、あまり異性と仲良くしてほしくないと考えるのは当然だろう？」

こうやって見るとおもちゃを取りあう子供の喧嘩のようだ。なんだか私が原因のようだけど、きっと時間が解決してくれるだろう。

だって二人はいずれゲームの主人公、カレンを好きになるのだもの。

そう考えて、レックス殿下が離れる未来を想像した瞬間、思わず口を開いてしまった。

「……レックス殿下、踊りましょうか」

「いいのか？」

「はい。もし私が失敗しても、今ならまだ子供だから仕方ないと許してもらえますからね」

「僕と同い年とは思えない発言だね……リリアンさんがそう言うなら、踊ってきなよ」

レックス殿下が寂しそうな顔をしているし、一曲くらい付き合ってもいいかと思う。

それに、今まで踊ったことはないから、せっかくなので踊っておきたい。

「ロイ様を一人にしてしまうのは申し訳ないのですが……」

「気にしなくていいよ。僕はもう帰らないといけないからね……レックス君、覚悟しておくことだ」

「……ははっ、なんの覚悟だ」

もうすっかり元気になっているロイが、レックス殿下に挑戦的な瞳を向ける。

それを楽しげにレックス殿下が受けて、私たちはダンスに向かった。


ロイと出会って約一年が経ち、あと三年と少しすればゲームの舞台であるグリムラ魔法学園に通うこととなる。

あれからロイも一緒にネーゼの授業を受けるようになり、そのロイに対抗してレックス殿下がまた魔法の練習に精を出すようになった。

最初にロイと授業を受けた日、私が魔法でてのひらから炎と稲妻を発生させた時はかなり驚いていた。

一年経った今のロイは慣れた様子だけど、最初は私の行動全てに驚いていた気がする。

今日の授業で、ネーゼに「教えることはもうありません」と言われてしまったけど、それっても

う魔法学園に通う必要もないってことなんじゃないかしら？

なにせネーゼはこの国随一の魔法士なのだ。

魔法について学びすぎた気がする……などと思っていると、ネーゼが私たちを眺《なが》めて話を始める。

「今日で家庭教師は終わりです。レックス様とロイ様も優秀ですが、リリアン様に比べると……」

「リリアンの魔法は初めて会った時から常軌を逸していたからな。そこがまたいいのだが」

レックス殿下は最近、ロイが知らない私の話を、ロイの前でするのがブームのようだった。

それを聞いたロイは苛立っている様子だ。

「リリアンさんと比べるほうがおかしいよね。僕は回復魔法を習得したいのに、普通にやったらまだ十年はかかるんだってさ」

ロイには回復魔法を扱う素質があるらしいのだが、それでも使いものになるには相当かかるみたいで、いかに私が異常だったのかがよくわかる。

ネーゼは深く頭を下げる。

「最後に……リリアン様、貴方に魔法を教えたことで見識が広がりました。心から感謝いたし

ます」

「私のほうこそ、ありがとうございます。ネーゼ先生のおかげで、私は様々な魔法を扱えるようになりました」

「そのおかげで僕の病気も治してもらえたからね。本当に感謝するしかないよ」

「うむ。俺も早い段階で剣に励むべきだと自覚することができたし、渋々引き受けたとは思えない教師ぶりだったぞ！　感謝する！」

私たちにお礼を言われたネーゼは満更でもなさそうな表情をしながら、城をあとにした。

これはネーゼが知っていることを私が全部覚えてしまったからだけど、ロイやレックス殿下はまだ教わることがあったはず。

もしかして……これから私が、二人に教えないといけないの？

それは流石《さすが》に面倒なので、これからグリムラ魔法学園に入学するまでの三年間、どうするのかを聞いておこう。

「あの、レックス殿下とロイ様はまだネーゼ先生に教わってないことが多いと思うのですけど、どうなさるおつもりですか？」

しかし、二人はそのことは気にしていないようだ。

「それは魔法学園で学んでいくだけだ。リリアンはつまらないかもしれないがな」

「そうだね。とはいえきっと僕たちにとっても初めのうちは退屈だろうだから、自主的な学習で伸ばしていくのが重要になりそうだね……回復魔法、普通なら十年と言われたけど、その半分、五年以内に覚えたいな！」

「そ、そうですか……」

まだ学園に入学するのは先のはずなのに、どうして三年後の話をしているのだろう？

全く意味がわからずに首を傾げていると、レックス殿下の発言に私は驚愕することとなる。

「来週から魔法学園か……ネーゼから教わった俺たちなら、なにも問題はないはずだ！」

「……えっ？」

——来週から、魔法学園に通う？

レックス殿下とロイはそのことを知っていたから、ネーゼが辞めても気にならなかったのかもしれない。

私は完全に初耳で——ゲームには出てきていない、私の全然知らない展開が、ついに始まろうとしている。

これからどんなことが起こるのか全く想像もつかず、私は……とてつもなく不安になっていた。

第三章　知らない魔法学園

魔法学園の話を聞いた翌日、私はレックス殿下の部屋に向かった。そこにはロイの姿もある。

どうやら二人は来週から魔法学園に通うことを前から聞かされていたみたいで、私も当然知っているものだと思っていたらしい。

昨日の夜、お父様を問いただしたら、すっかり伝えるのを忘れていたとかで……やはり、私もその学園に通うことになっているのだという。

私は、レックス殿下とロイからさらに詳しく話を聞こうとする。

「ホーリオ魔法学園だなんて……そんなところへ通うことになっていたとは、昨日まで知りませんでした」

どうやらゲームの舞台である「グリムラ魔法学園」に入学する前の三年間、選ばれた貴族の子供たちだけが入学できる「ホーリオ魔法学園」に通うらしい。

ゲーム知識のある私が知らなかったのは、平民である主人公のカレンには縁のない場所だからだろう。

まるで予備校のようだ、などと考えていると、ロイが私を眺《なが》めながら告げる。

「これからホーリオ魔法学園に通うことになるけど、僕、レックス君、リリアンさんは間違いなくトップの成績だと思うよ」

「そうだな。特にリリアンは学園中を驚かせることとなるだろう！」

二人の話を聞いていると、今から先が思いやられる。

学園でトップの成績など取ってしまったら、絶対に目立つ。だからどうということはないが、どんどんゲームの内容とかけ離れてしまいそうで怖い。

できるだけ、目立たないように普通に過ごそう。

幸い、私の魔法のすごさを知っているのは私とレックス殿下とロイとその関係者だけ。

私は昨日のうちに考えた今後の方針を、レックス殿下とロイに話した。

「学園の方々を驚かせる気はありません。私は目立たず、普通の公爵令嬢として過ごします」

普通に過ごすだけなのだから、難しいことはないだろう。

私が三年間の目標を話すと、ロイが顔を引きつらせている。

「そ、それは……絶対に、無理だと思う」

「ロイよ。リリアンのことを信じられないとは、まだまだだな」

「いや、絶対に無理だから……」

なんだかロイが、レックス殿下と私を呆れたように眺《なが》めている。

私を信じてくれるレックス殿下のためにも、目立たず普通の三年間を過ごしてみせる——そう私は決意した。


あれから六日後——私はホーリオ魔法学園に向かっていた。

馬車がホーリオ魔法学園に到着して……当然だけど、ゲームで見た魔法学園とは全然違う光景を目にする。

私が知っているグリムラ魔法学園よりもかなり小規模……けれど豪華さを感じさせる校舎。ホーリオ魔法学園は、選ばれた貴族専用の魔法学園だ。

ゲームでは描かれていなかったけれど、こんなところに通っていたのであれば、ゲーム開始時点で既に面識のある生徒たちが多かったのも納得できる。

クラスは一学年二クラスしかなく、一クラス二十人にも満たない小さな学園で、一棟だけの広大な校舎に三学年の生徒全員がいるらしい。

一年生は午前と午後に授業があるみたいだけど、二年生になると授業は午前で終わり、あとは自由になるようだ。

小規模な学園ながら自習をする施設は多く、生徒の自主性を重んじているということらしい。

講堂、校舎、自習施設に囲まれた狭いグラウンドを見ていると、これから魔法学園を体験できるのだ、と実感が湧いてきた。

校舎の入り口にある掲示板にクラス分けが記されているので、私たちは自分のクラスを確認する。

「レックス殿下とロイ様も同じクラスですか」

「名前を見ると知っている人が多いし、クラス分けは家格で決めているのかもしれないね」

「そ、そうですね……」

名前を聞かれても誰なのか全くわからないけれど、どうやらロイには覚えのある名前がいくつかあったらしい。

教室に入ると、確かにパーティで見かけた気がするような子たちが多いと思ったけれど、やっぱり名前は思い出せなかった。

レックス殿下を見つめると、同じように困惑しながら生徒たちを確認していた。

「パーティで見たことがある気はするが、少し前のことだから覚えていないな」

「私もです。見覚えはありますが、名前までは……」

レックス殿下の発言に安堵していると、ロイが呆然としている。

「リリアンさんがレックス君に恥をかかせないよう言っているのか、本心で言っているのかわからない……」

ロイとしてはレックス殿下は普通だと思っているみたいだけど、私の発言は信じられなかったらしい。

好きな席に座っていいということだから、私は教室の端の席を選び、レックス殿下はその隣、ロイは私の前の席に座る。

クラス替えはないそうなので、これから三年間は同じ顔ぶれで過ごすことになる。

クラスメイトとなる生徒たちが教室に集まってくると、レックス殿下が警戒するように眺《なが》める。

「男子が九人、女子が十一人か……リリアンに近づく男がいないか、気を付けなければならないな」

そう言ってやけに周囲を厳しい目で見ているけど、女生徒たちがレックス殿下をアイドルのように眺《なが》めているのは気にならないのだろうか？

そんな殿下に対して、ロイが微笑みながら呟く。

「ここのみんなはレックス君とリリアンさんが婚約者だって知っているし、大丈夫だと思うよ。まあ、内心で認めているかは知らないけどね」

「そうだな。お前さえこのクラスにいなければ、平穏なんだがな」

レックス殿下は露骨に睨《にら》み、ロイは微笑みながらも火花を散らしている。

クラスメイトたちは二人と目を合わせないようにしながら先生が来るのを待っていた。

そんな中……レックス殿下をじっと眺《なが》めている、黒髪おかっぱ頭の少年がいることに気づいた。

真面目で礼儀正しそうな雰囲気なのに、顔立ちは凛々《りり》しく目つきが鋭い。そして強そうなオーラが出ている。

「……えっ？」

この子は確か――攻略キャラの一人だ。

思わぬところで攻略キャラを見つけてしまったことに驚いていると、レックス殿下も少年に気づく。

「どうしたリリアン。……まさか、あの男が気になるのか？」

「い、いえ……」

レックス殿下に問い詰められても、ゲームにいたから知ってますだなんて言えなくて口をつぐむ。

困惑していると、ロイが少年を眺《なが》めながら呟いた。

「あれは確か……ヴォルス侯爵家のルート君、だったかな？」

名前から、私はやっぱり、と確信する。

パーティでは見たことがなかったけれど、あの少年は、ルート・ヴォルス――レックス殿下の友人で護衛を務めるキャラクターだ。

彼も攻略キャラの一人なんだけど……レックス殿下がルートを知らないことに驚く。

もしかしたらこれからこのホーリオ魔法学園で仲良くなるのかもしれない。……とするとレックス殿下が敵意を向けているのはよくないのでは。

ゲームの設定からあまり遠ざかりたくない私としては、レックス殿下とルートの仲を取り持ちたい。

ルートの姿を目にするまで完全に忘れていたけれど、確かゲームではレックスとルートは仲が良かったはずだ。

——どうすれば二人は仲良くなるのだろう……？

私が戸惑っていると、レックス殿下がルートの前に立つ。

「おい、貴様……なぜリリアンを見つめている？」

ルートに向かっていきなり喧嘩腰に告げるレックス殿下を見ると、ここから仲良くなる未来が想像できない。

ルートからすれば、初対面の異性をちょっと見ただけで、いきなり詰め寄られるなんて理不尽な気もする。

レックス殿下の威圧により周囲の男子生徒たちが委縮する中、ルートはレックス殿下に深々と頭を下げた。

「はっ！　私はレックス殿下と婚約者リリアン様をお慕い申し上げております。ご不快にさせてしまい申し訳ありません。いかなる処罰も受けます！」

「い、いや……俺のほうもすまない。こいつのせいで警戒心が強くなっていた」

真正面から真剣な謝罪を受けたことで、レックス殿下はたじろぎ、ロイのせいにすることにしたようだ。

「僕のせい!?　それより、レックス君が素直に謝るなんて……」

この頃からルートは忠犬みたいな子だったのか……そういえば、ゲームの中でもレックスへの忠誠心がすさまじく、そんな彼がカレンを好きになるというシナリオはかなり無理矢理な感じがして、ルートの攻略にはあまりのめり込めなかったのよね。

レックス殿下、ロイ、ルートとくれば、攻略キャラはあと一人……のはずなのだが、やはり名前すら思い出せない……あまり好きではなかったからだろう。

今のルートのように一度見れば思い出すかもしれないけれど、思い出せないということは、転生してから会ったことがないはずだ。

それから私たちはすっかり敬遠されてしまったらしく、周囲の子たちは私たちとは関わらずグループを作ったりしていた。

どうやらレックス殿下が私に執着しているというのは周知の事実みたいだから男子が近づかないのはわかるけど、女子までレックス殿下に関わろうとしないのが理解できない。

目の前に王子様がいるんだからもっと積極的になる子がいてもいいのに、と思っていると、ロイが私の心を読んだように微笑む。

「どうやらレックス君とリリアンさんは相思相愛だって思われているみたいだよ。リリアンさんはそこまでじゃないのにね」

「ロイよ、勝手に決めつけるな。ルートはどう思う？」

「はっ！　二人はこれ以上ないほどにお似合いです！」

ルートは本心から言っているのだろうけど、それを聞いたレックス殿下のどや顔にロイが微笑みながらも苛立っているようだった。

レックス殿下は顔がいいからどや顔も決まっていて、女生徒が歓喜の声をあげる。

しかしそれでも近づこうとしないのは、ロイの言う通り私がいるせいなのかもしれない。

確かゲームでも、事情を知らない平民のカレンぐらいしか、レックス殿下に関わろうとしなかったはず。

なにはともあれ大きなトラブルもなく、心配していたルートとレックス殿下の仲もうまくいきそうだ。初めての魔法学園生活に、私はほっと胸を撫で下ろした。


初日は入学式だけで、授業は翌日から始まる。

カリキュラムは初歩的な魔法ばかりで今更私が学ぶ必要があるとは思えないものだったけれど、既に知っている知識でも、復習の良い機会になるだろう。

そしていよいよ始まった授業の日の放課後——私は両手で顔を押さえながら、今日の出来事を反省していた。

「ふ、普通に過ごすはずだったのに……」

「まあ、そうなるよね」

完全に予想通りと言わんばかりの反応をするロイは酷いと思うけど、実際やらかしたのだからなにも言えない。

けれどレックス殿下とルートがロイに異を唱える。

「ロイよ。リリアンは普通に授業を受けようとしていた。あれがリリアンにとっての普通なんだ」

「流石《さすが》はレックス殿下の婚約者リリアン様！　私は尊敬……いえ、崇拝しております！」

「それは異性としてか？」

「私はリリアン様のことを異性として見ておりません！」

「そうか。それならよかった」

いや……それはそれで異性として魅力がないみたいで、傷つくんだけど。

それにルートが今言った台詞には覚えがある。

ゲームでレックスにカレンを好きなのでは、と問い詰められた時に似たようなことを言っていた。

——結局カレンを好きになっちゃうんだから、全く信用できない台詞ですね。

しかし今日の件は反省すべきだ。

「レックス殿下の言う通り、私は普通のことをしているつもりでした……初めて魔法を教わるなら間違いがあってはならないと思い、横から口出しをしてしまいました……生徒なのに……」

基礎の授業を受けるにあたり、話を聞いていたら先生の間違いに気づいてしまい、それをこれから魔法を覚える子たちに教えているのが許せなくなって、ついやってしまった。

先生からすれば「もうお前が教師になれよ」という気持ちだっただろうけれど、相手はカルドレス公爵家の令嬢だ。

その上レックス殿下とスラオン公爵家のロイが賛同しているのを見れば、なにも言えなくて当然だろう。

私の言い分のほうが正しいこともあり、一部の先生は心が折れそうになっていたらしい。

そして大半の先生から「参考になりました」「リリアン様は教師になるべきです」と称えられ、学園内は私の話題で持ち切りになってしまった。

「午後になるとどんどん噂が広まって、初めての先生も横から口を出されるのを楽しみにしている、だなんて……」

「凄腕の魔法士ネーゼ様から教わったんだから、そりゃそうなるよ」

「俺はリリアンのすごさを初日から伝えることができて、満足しているがな！」

「私も、素晴らしい授業を受けることができて光栄です！」

レックス殿下とルートは嬉しそうだけど、私は後悔しかない。

まだ初日なのにやらかしてしまったとはいえ……挽回することは可能のはず。

成績優秀者は二年次にダンジョン探索の許可が出るらしいから、冒険者に憧れる私としては成績を落とす気はないけれど、ほどほどには抑えよう。

これからが大事なのだと現実逃避のように考えながらも、私は今度こそ平凡な学園生活を送ろうと決意した。

それからあっという間に一年が過ぎて、私たちは十四歳、二年生となっていた。

ホーリオ魔法学園にもすっかり慣れたある日の昼休み。私の席の周りにはいつものようにレックス殿下、ロイ、ルートが集まっている。

二年生になると、生徒のやりたいことを尊重するためにと午後からは自習になる。

「今日からようやく、ダンジョン探索の許可が下りるな」

レックス殿下の声が弾んでいるのは、私がダンジョン探索を楽しみにしていたからだろう。

ゲーム本編の時間まであと二年。レックス殿下の見た目はかなりゲームのレックスに近くなっていた。

身長が少し低いぐらいで、それ以外はもはやほぼゲームと同じ、長い金髪と鋭い藍色の目をした美少年だ。

実際に触れ合える距離にいるからか、レックス殿下はゲーム以上に凛々《りり》しく感じるけれど……

――この距離でいられるのも、今年を入れてあと二年ね。

そんなことを思いながらも、レックス殿下が口に出したダンジョンという単語に、私は気分を高揚させる。

「そうですね。成績が優秀な二年生なら行けると聞いていましたから、私は一年間、普通にそこそこ優秀な生徒として振舞うことができました」

私がそう断言するとロイは肩をすくめた。ウェーブのかかった短い銀髪が揺れる。

ロイは病が治ったせいか、細身ではあるけれど弱々しい印象はなくなっていた。

それでも身長は私と同じぐらいで、男性にしては少し小柄だ。

目も大きくて、可愛い系という印象が強い。そんなロイが、今は呆れた表情を浮かべていた。

「リリアンさんのどこが普通なのかわからないよ……どうして魔法学園に通っているのか理解できない、なんて噂されているほどだよ？」

ロイがそんなことを言い出したせいで、私はここ一年の出来事を思い返してしまう。

私は平凡に過ごそうとしたのだが、結局何度かやらかしたらしく、周囲から避けられるようになってしまった……いや、それはきっと私がレックス殿下の婚約者だからだ。そうに違いない。

——先生に「リリアン先生」って呼ばれた時は驚いたけど……あと二年すればホーリオ魔法学園は卒業するし、グリムラ魔法学園でさえやらかさなければ大丈夫でしょう。

私は出しゃばらず、自制する方法をこの一年で覚えていた。

私が口出しするのを期待していたらしい二年次の先生たちはガッカリしていたけど、私は先生の先生じゃないもの。

グリムラ魔法学園に行く前に気づくことができて、本当によかった。

ロイの発言で話が脱線しそうになったところを、レックス殿下が軌道修正をしてくれる。

「今はリリアンのやらかしたことよりもダンジョンだ！　楽しみだな！」

いつもならレックス殿下の発言に賛同するルートだけど、今回は元気がない。

「ダンジョン、ですか……」

ルートは去年出会ったばかりだけど、身長が伸びてもうすっかりゲームで見ていた外見と変わらない。

そんなことを思いつつルートを見ていると、レックス殿下がムッとした表情になる。……なぜか、私がルートのことを気にすると機嫌が悪くなるらしい。

ルートの発言に頷きながら私は提案した。

「せっかくダンジョンを捜索する許可がもらえたのですから、行ってみましょう！」

私たち四人はダンジョンへ入る許可をもらっていたから、低難易度ダンジョンの調査ができる。といってもそこは生徒の訓練用に魔法学園が管理しているダンジョンで、私一人でも余裕で往復できる小規模なものらしい。

私は将来冒険者になるつもりだから、ダンジョン探索はぜひ体験しておきたい。

私とレックス殿下がやる気に満ちていると、ロイとルートが唖然としていた。

「本気なんだね……ダンジョンって危険だと聞いているし、無理に行かなくてもよくない？」

「私も……不躾ながらロイ様と同意見です。冒険者の真似事は、お二人に似合いません」

ロイとルートはダンジョンに行くのは反対らしい。すると、レックス殿下が嬉しそうに笑う。

「それなら俺はリリアンと二人で行く！　リリアンは冒険者に興味があるからな！」

「そうですね」

魔法学園ではのんびり過ごしていたから冒険者になりたいという話はしていなかったのに、レックス殿下はよく覚えていたわね。

「ええっ!?」

「なんと……」

ロイとルートは驚いている。確かに公爵令嬢が冒険者に興味を持つのは意外なのだろう。

「普通に受け入れてくださった昔のレックス殿下って、おかしかったんですね」

「リリアンが言うのだから当然だろう？　俺はすぐに納得したが、この二人はどうだろうな」

レックス殿下はどや顔をしているけれど、二人はいまだに困惑している。

ロイとルートが行けないなら、ダンジョンに入るためのメンバーを新たに探さないといけない。

「ダンジョンを探索するメンバーは四人か五人必要とされていますけど、他に誰を呼びますか？」

「俺一人でリリアンを守り切る自信はある。今度こそ俺がリリアンを守ってみせよう」

いや、規則だから二人は探さないといけないんだけど……

そんな私たちを見ていたロイとルートが、ぐっとなにかを決意したような表情で言った。

「お二人で向かうのは危険です。私も同行させてください！」

「……ちょっと怖いけど、僕も行くよ」

そうして結局は私、レックス殿下、ロイ、ルートの四人でダンジョンへ行くことに決まったけれど、レックス殿下は不満そうだった。

その後、私たちはダンジョンに到着して、探索が始まった。

ゲームでもダンジョン探索のイベントはあったが、基本的には恋愛ゲームなのでほんの数行の説明だけで終わるものだった。しかしここでは薄暗い洞窟の中を、私たち四人と背後で監視と警護をしてくれる先生の一人で進んでいく。

学園から少し離れた場所にある浅い階層のダンジョンだけど、探索をするには申請と先生の同行が必要。

ゲームで見てきたグリムラ魔法学園には貴族ではない生徒も若干はいたから冒険者に憧れてダンジョンに興味を持つ者もいたが、ホーリオ学園の生徒は冒険者と無縁の貴族しかいない。だから、二年生になってすぐに申請する人はいなかったそうだ。

深い階段を降り、様々な通路が張り巡らされている地下洞窟――ダンジョンの第一階層を歩く。

前衛はレックス殿下とルートが務め、その後ろでサポートするのは私とロイだ。

後衛の私たちから少し離れたところで見守っていてくれる先生は、上機嫌な様子で背後から声をかけてくる。

「リリアン様の素晴らしい魔法、とても楽しみです！」

――楽しげに言ってくれるけど、先生の発言とは思えないわね。

今のところまだモンスターは現れていない。学生用の簡単なダンジョンだからだろう。

それでも最深部ではモンスターが生み出されているはずだから油断はできない。前からルートの声が聞こえてきた。

「命にかえてもリリアン様を守り抜きます！」

「ルートよ。その発言はリリアンを勘違いさせるかもしれない。少し考えてから発言しろ」

「はっ！　私の考えが浅はかでした！」

確かに、ゲームだとカレンがこういうルートの発言で「もしかして私のことを好きなのでは……？」と勘違いしたのをきっかけに仲が深まっていたような気がする。

隣でロイがレックス殿下の背中を眺《なが》めて、笑いながらルートに話しかける。

「ルート君。嫉妬深いレックス君の発言を真に受けていたら大変だから、ほどほどでいいよ」

「いえ、私にとってレックス殿下がおっしゃることが全てですから」

「そういうことだ」

断言する二人の声に、ロイは呆れた様子だ。

「はぁ……それより、リリアンさんはどうして、冒険者に興味があるんだい？」

レックス殿下と会話をすることは諦めたみたいで、ロイが尋《たず》ねてくる。

「様々な場所を巡るのなら、冒険者という職業が適しているからですね」

グリムラ魔法学園に入学して一年間で様々な悪事を働いた結果、私はレックス殿下に婚約破棄され国外追放になるから、その先で冒険者になる予定です。なんて言えない。

「確かに冒険者は自由だからね。でも、リリアンさんの両親は納得するかな？」

「興味があるだけで、冒険者になるかはまだわかりませんから」

「まだ、なんだ……」

私のような公爵令嬢が冒険者になると少しでも考えていることが、ロイにとっては理解できないみたいね。

「もしリリアンが冒険者になるというのなら、俺も共に行こうではないか！」

「私も同行させてくださると嬉しいです」

「そうだな。こんなダンジョンで怯えているロイは無理そうだが、ルートならいいだろう」

まずレックス殿下が一緒に行けるのだろうかと考えながら、ダンジョンの奥へ進む。

ここはダンジョンといっても大したことはなくて、地図によるともう一度階段を降りて奥の部屋に到着したら、あとは戻るだけだ。

階段を降りると……今までは私たちの談笑を楽しげに聞いていた引率の先生が前に出た。

「皆さんなら大丈夫だと確信していますが、この階層は気を引き締めてください！」

先生が力強く告げ、ルートとロイが真剣な面持ちになる。

レックス殿下は私の様子を確認してから、引率の先生に尋《たず》ねた。

「地図を見るにここが最深部。魔鉱石の取れる場所があるが、そこにはモンスターが集まりやすいようだな」

「その通りです。最上級生もあまり来ないですし、今なら魔鉱石は豊富にあるはずですが……故に危険です。ダンジョンは十分に体験できたと思いますし、もう帰りますか？」

魔鉱石はダンジョンに発生する、魔力を宿した鉱石で、採掘し回収しても日数が経てば復活する。

魔鉱石からは魔力が発せられているため、モンスターたちはその魔力を求めて集まってくる。

先生たちはモンスターが集まらないよう数日おきに魔鉱石を回収しているようだが、今回はまだのようだ。

そのせいで最深部にモンスターが集まっており、それ以外の場所では見かけなかったのだろう。

ダンジョン内部を知る体験授業としてはそのほうがいいのかもしれない。しかし、ここからは危険だ。

私がそう思っていると、ロイが怯えながら手を上げる。

「か、帰ろうよ……先生が助けてくれるのはピンチになった時だけだ。その前に攻撃を受ける可能性はある。わざわざ痛い目に遭わなくたっていいじゃないか」

その発言に引率の先生が頷いているあたり、その選択は確かに正しいのだろう。

ロイをどう納得させようか悩んでいると、レックス殿下がロイを見て言った。

「それならロイは帰るべきだな……俺はリリアンと長くいるから勘でわかるが、この程度は危険でもなんでもない。警戒を怠《おこた》ってはならないがな」

子供の頃から今までずっと、無茶なことをする私に付き合ってくれたからこその発言だ。

ここに来るまでにモンスターはいなかったから、一人で帰ることはできるだろうけど、それは嫌なのかロイはルートに話を振る。

「ルート君……君はどう思う？　魔鉱石のある場所に行けばモンスターがうじゃうじゃいるに決まっている。危険だ」

「危険だからこそ、私はレックス殿下とその婚約者リリアン様を守らなければなりません……覚悟はできています」

「っ!?」

緊張した様子ながらもルートが断言すると、ロイは仰《の》け反りながらも……今ので納得した様子だ。

「そうか。リリアンさんがいれば大丈夫だと思うし、僕も行くしかないよな……」

渋々といった様子だけどロイも向かうことにしてくれたようだ。

それからは、今までの談笑が嘘のように、私たちは静まり返っていた。

前衛ではルートが、後衛ではロイがなにも話さないからだ。

ロイもルートも、きっと怖いのだろう。それでも我慢してくれている……私の我儘のせいだから、絶対に二人を守ってみせる。

そう決意しながら魔鉱石が生み出されるダンジョン最深部の大部屋に到着する――そこには、八体のモンスターの姿があった。

ダンジョンに生息するという二足歩行のモグラ、ダンジョンモールが三体と、ゴブリンが五体。

その中でもゴブリンの一体はダンジョン内の鉱石で作ったらしい石斧を所持していて、モンスターの中でも知性が高いのだとわかる。

部屋に入った瞬間、私たちの気配を察知して距離をとり、モンスターたちは戦闘態勢に入る。

「ダンジョンモールが三体、ゴブリン四体にハイゴブリンが一体⁉　ここは私が――」

引率の先生が叫ぶけど、後衛の私たちとは距離がある。

その上どうやら地中に潜んでいたようで、さらに二体のダンジョンモールが壁から穴をあけて飛び掛かってくる。

「今まで一体も現れなかったモンスターども、どうやらこの部屋に集まっていたようだな！」

レックス殿下が叫びながら剣を抜くけれど間に合わない。

私は反射的に両手を伸ばし、左右から飛んでくるダンジョンモールに、稲妻と風を織り込んだ魔法を放った。

大したことないモンスターだから問題なく倒せたはずなのに……私は目を見開く。

「えっ!?」

右側のモグラは粉々に消し飛んでいるけど、もう一体はさほどダメージを受けていない。

その理由はすぐにわかった。

私が魔法を繰り出したと同時に、飛んできたモグラに恐怖したロイが不慣れな風の魔法を使っていたのだ。

ロイの魔法は私の放った魔法にぶつかって、私の攻撃は軌道がそれてしまった。

「あっ!?」

ロイが「しまった!?」という表情をするけれど、モンスターはその隙を突いてくる。

爪を振りかぶったダンジョンモールには引率の先生が対処したけど、ロイは腰を抜かして動けない。

私は高い天井に手をかざし、雷魔法で稲妻を繰り出す。

上に飛ばした稲妻は高い土の天井に当たったと同時に九方向に散り、ダンジョンモールとゴブリンに直撃したが、致命傷にはならなかったようだ。

「そんな……」

このダンジョンは学生用だから大したことはないはずなのに、予想外の事態で慌ててしまったのだ。

集団で戦ったことが、今までなかったせい。

——いいえ。これは全て私が未熟だから。仲間のロイが魔法を使ってくれると信じることができなかった。

全て自分でやろうとした結果、ロイの魔法を邪魔してしまい、みんなを守ろうとしたのに逆に危険にさらしてしまった。

「リリアン！　心配するな‼」

「っっ⁉」

レックス殿下の声で、放心して動けなかった自分に気が付いた。

——こんな状況下なのに、私は行動を間違えてばかりだ。

武器と武器の衝突する音が聞こえる。レックス殿下が残っているモンスターを斬り払いながら叫んだ。

「この程度、今までリリアンと一緒に戦ってきたモンスターと比べれば雑魚《ざこ》だ！」

「レックス殿下……」

ルートは剣を抜いているものの呆然として動くことができず、三体のゴブリンをレックス殿下が一人で対処している。

冷静になれば、大したことがない相手だ。

突然の事態に焦ったけど、レックス殿下は一人冷静だった。

「すごい……」

そんなレックス殿下に、私は感嘆の声を漏らす。

今までレックス殿下は本当に、私の力になろうとしてくれている。

レックス殿下がどれだけ私を心配してくれても、ゲームの本編が始まれば終わってしまう関係だと思っていた。

婚約者になったところで、どうせ婚約破棄される。

それはゲームの通りなのだから構わない、そう思っていた。

——それなのに……こうして活躍するレックス殿下を見ると、この日々の終わりが怖くなってしまう。

ダンジョンの最深部で起きたトラブルは、レックス殿下のお陰で解決することができた。


あれから……私たちは馬車に乗って、学園に戻った。

「リリアン様の魔法は素晴らしく、レックス殿下の剣技……初めてのダンジョン攻略とは思えませんでした！」

御者台から引率の先生が興奮した様子で叫ぶけれど、私たちの空気は重い。

ダンジョン探索を終えて、ロイの顔が青くなっているのが不安だ。

学園に着くと迎えが来るまで教室で待機ということになったけれど……ロイはかなり疲れているようだ。

魔力も体力も大丈夫そうだから、精神的な問題なのだろう。

「あの、ロイ様……大丈夫ですか？」

「大丈夫だけど、ちょっとでも危険があると全然ダメだな……徐々に慣らしていくよ」

あのあと、私はロイの魔法を邪魔したことを何度も謝った。

そして……ロイに「もう謝らないでほしい」と言われている。

どうやらロイとしては、むしろ私の魔法を妨害し、その後なにもできなかったと気にしているらしい。

そんなロイに、レックス殿下は真剣な眼差しで告げた。

「そのほうがいいだろう。あの程度で怯えるようでは自分の身を守ることもできないからな」

「全くだね……レックス君とルート君が前にいたっていうのに、こんな様になるとは思ってもみなかったよ」

ロイはダンジョンでのことが相当こたえたらしく、いつもは攻撃的なレックス殿下も心配している。

無事にダンジョンを攻略することはできたのだから、私もフォローしておこう。

「先生が言うにはロイ様の反応が普通のようですし、私とレックス殿下がおかしいだけですよ」

「ルートも頑張ってはいたが怯えていたし、俺とリリアンがお似合いだったというだけだ」

いつもの様子でレックス殿下がどや顔をするけれど、ルートは頭を深く下げる。

「命にかえても守ると言ったにもかかわらず……申し訳ありません」

ロイと同じように、モンスターとの実戦が初めてだったルートも戦闘が始まると震えて動けなくなっていた。

自分の身を護るのが精一杯だと言っていたけど、初の戦闘で武器を構えることができただけでもすごいと、引率の先生は言っている。

初めてダンジョンに挑戦する生徒たちは、大半がモンスターを見てなにもできなくなるので先生が同行するのだという。

ルートの悔しげな表情を見てなにか言うべきかと考えていると、レックス殿下が彼の肩に手を置いた。

「気に病むな。俺たちはよく魔力領域の森でモンスターと戦っていたからな。実戦経験が違うんだ」

自慢げな顔でレックス殿下が言うと、初耳だったルートは驚いていた。

「なんと!?　あの森の中で戦い続けてきたのですか……」

「その時点で普通じゃないよね……あの森には一生行きたくないよ」

ルートは信じられないような顔だし、ロイも呆れているけれど、私とレックス殿下にとってはもう慣れたことだ。

同行する護衛、特にマイクは森に行くと言えば渋い顔をしていたが、今までなにも問題はなかった。

「そうですね。あの森でモンスターを倒してきたからこそ、今回のダンジョンも攻略できました」

思わず口に出してしまい、ロイとルートがさらに落ち込んだのを見て少し後悔する。

ロイは溜め息を吐くと、窓の景色を眺《なが》めながら話す。

「これで一番楽なダンジョンか……他のダンジョンがどれほどなのか、考えたくもないよ」

「お父様には今日行ったダンジョン以外行くなと言われていますが、聞く気はありません」

「そうだな。リリアンが行きたいというのなら、隠れて一番難易度の高いダンジョンに向かうのもアリかもしれない！」

今回の件で自信がついたのか、レックス殿下はそう言うけれど、正直私も同意見だ。

ダンジョン探索を終えて、次に行くダンジョンのことを考えていると、ルートがおずおずと手を上げる。

「いえ……差し出がましいと思うのですが、許可はもらうべきだと思います」

「ルート君、ここは断言しておくべきだよ。行かないように言われているんだから、行かないのが一番だ」

ロイは信じられないと言わんばかりの表情だ。

ゲームでは接点がなかったのに、ルートはレックス殿下よりロイと仲良くなりそうだった。

あれからさらに一年が経ち――私たちは三年生になった。
来年からついに、ゲームの舞台グリムラ魔法学園での生活が始まる。
ゲームまで一年を切った今――私は、校外学習でやってきた場所の景色に、目を奪われていた。

あたり一面の草原、草木や花は自然のまま生えていて、周辺には獰猛《どうもう》な肉食動物の姿がある……日本では考えられない景色。

そして馬車から降りた瞬間、全身に感じる膨大な魔力に高揚して……私は溢れてくる魔力によって魔法が使いたくて仕方がない。

「アークス国にまだこんな魔力領域があるだなんて、どうしてレックス殿下は教えてくださらなかったのですか!?」

飛び跳ねそうな勢いで話すと、レックス殿下は困ったような表情をした。

「いや……ここはこの国でもかなり危険な場所だから、リリアンの両親に止められていた。俺としては早く一緒に来たいと思っていたのだぞ？」

困惑している様子で……先生たちに決められた範囲内なら自由行動と言われてはいたけど、まさか馬車を降りていきなり私が草原を走り回るとは思わなかったのだろう。

今までにない魔力の質を感じ取って遠くまで来すぎたようだ。私を追ってきたのはレックス殿下だけだった。

少し遅れてロイがやってきて、レックス殿下は不満げな表情を浮かべる。

「なんだ。ロイ、お前も来たのか」

「来るよ！　ルート君は先生の話を聞いてから来るみたいだけど……それより、二人とも無防備すぎる。ここはかなり危険なんだよ!?」

「お前は相変わらず心配性だな」

魔法学園に勤める半数以上の先生が今回の校外学習に同行している。つまりそれだけこの場所が危険なのだ。

ここはアークス国の中でもかなり危険地帯らしくて、先生たちは注意深く周囲を見渡している。

「ロイ様、大丈夫ですよ」

「いや、大丈夫って、リリアンさんは大丈夫だと思うけど……先生たちはリリアンさんやレックス君を守らないといけないし、集団行動をすべきだと――」

「私が周辺に風魔法によるドームを張っています。ドーム内にモンスターは絶対に近づけません」

「えぇっ!?」

ロイは驚いたように周辺を眺《なが》めた。四足歩行の肉食動物やモンスターがこちらに近づこうとして、なにかに弾かれる姿がある。

簡単に言ったけど、このドームを張るのは、それはここにいる先生たちが全員力を合わせても、おそらく不可能なことだ。

先生たちに心配されずに自由に行動しようと考えての魔法だけど、なぜかレックス殿下が満面の笑みを浮かべていた。

「ははっ！　どうやらロイは、まだまだリリアンのすごさを理解できていないようだな！」

「確かにそうかもしれないけど……レックス君が自慢げなのが、ちょっと不愉快かな」

レックス殿下とロイの言い合いはいつものことだから気にしないことにして、私は体内に溢れてくる魔力で、どんな魔法を試そうかと考えている。

「それでは、校外授業を楽しむとしましょうか」

そう言って風のドームを維持しつつ水球を作って宙に浮かせると、ロイは再び驚く。

「周辺に風のドームを作りながら水魔法の球を浮かせる!? 複数の属性魔法の使用は目立つよって……風魔法によるドームは先生ぐらいしかわからないのか……」

私がこの学園生活では力を出さないと言っていたのを思い出したのだろう、注意してくれるのはなんだか嬉しい。

この世界はゲームの世界だけど、もう八年も過ごした私にとっては現実だ。

魔法を駆使しながら足下に咲く花を眺《なが》めて、私は転生前のことを思い出していた。

今くらいの年齢の頃……地球で子供だった私は花冠を作ることが得意だった。だけど作るだけで、それを被って誰かに見せたりはしなかった。

――本当は、花冠を被って誰かに可愛いと言ってほしかった。でも、似合わないと言われるのが怖くて、馬鹿なことをしていると言われるのが怖くて、みんなに見せる勇気がなかったのよね。

幼い頃の憧れは大人になることで忘れてしまい、転生して再び子供の姿になった時には魔法に夢中でそれどころではなくなっていた。

今の私は転生前とは違う――転生した今は、自由に生きると決意している。

ゲーム通りになれば、悪役令嬢リリアンは国外追放を受けるけど、そこから先は自由だ。

冒険者にだって、なんにだってなれる。

――だからやっぱり、ゲーム通りの結末を迎えるのが一番。

私は、改めてそう考えていた。

それから数時間が経って校外授業が終わり、学園に帰る時間が近づいてきた。

この校外授業は魔力領域で高まった魔力を使い、自由に魔法を使う授業だけど……レックス殿下、ロイ、そしてあとからやってきたルートは私の魔法を眺《なが》めているだけだ。

ロイとルートは私の魔法に感心している様子だけど、レックス殿下は違った。

どこか不安げなのが、気になる。

レックス殿下が私を心配するのはいつものことだけど……レックス殿下は、とうとう声をかけてきた。

「リリアン、大丈夫か？」

「はい。大丈夫ですけど……なにかありましたか？」

レックス殿下の問いかけに、ロイが溜め息を吐いた。

「またいつもの心配かい？　リリアンさんの魔法でモンスターは寄ってこないし、あとはもう馬車に乗って帰るだけだろ？」

確かにレックス殿下は、いつも私のことを心配している。

ロイの発言を聞いて、ルートが手をあげた。

「レックス殿下はリリアン様の婚約者ですから、心配なさるのは当然だと思います！」

「全くもってルートの言うとおりだが……そうだな。俺は必ずリリアンのそばにいるから、なにも

「心配しなくていい」

レックス殿下は、常に私を気にかけてくれるけど……それももうすぐ終わる。

私はゲームの主人公ではなく……その対極にいる悪役令嬢、レックス殿下に嫌われるべき存在だ。

その未来を受け入れることにした私は、微笑む。

「……ありがとうございます」

その時、先生たちの集合がかかって、私たちは帰ることになった。

馬車のキャビンには私、レックス殿下、ロイとルートが乗ることになっていて、乗り込もうとしたところで……私は、意識が朦朧としてしまう。

「リリアン!?」

倒れそうになる私を、レックス殿下が支えてくれた。

ここ最近は意識を失うほど魔力を使うことなんてなかったけど、知らない場所に来て浮かれすぎていたらしい。

それでもレックス殿下がそばにいてくれるから、私はなにも心配せずに意識を失った。


校外授業のあと、魔力切れで倒れてから一ヶ月が経った。

数年ぶりに魔力切れを起こしたことで、レックス殿下は昔のように心配性となっている。

「――どうしたリリアン。魔法を使いすぎたのか？　無理は禁物だ」

昼休みの教室で、レックス殿下はまたそんなことを言ってきた。

「心配しすぎです、殿下。私はここ最近、魔力切れを起こしたことなどないというのに」

「一ヶ月前は最近だと思うけどね……先月リリアンさんが馬車の中で倒れた時は、みんな大慌てだったよ」

「俺以外はな！」

先月のことは、既に思い出したくない過去だ。

レックス殿下のおかげで大きな騒ぎにならずに済んだみたいで、感謝するしかない。

私がこの話をしてほしくないことを察してくれたのか、ロイは話を変える。

「それより……三年生になって行動範囲が広まったけど、ここまで色々できると、来年初めて魔法学園に通う生徒と格差が生まれそうなのが心配だ」

確かにゲームでは、生徒の間に格差が生まれていたことを思うと鋭い指摘だ。

「私としては、様々な場所に行けるので満足なのですが」

三年生になると、先生に実力が認められていれば、午後の自習時間に行ける範囲が増える。

今日はこれから教室で自習の予定だけど……レックス殿下がルートに告げた。

「これからやらねばならないことがあるから、俺は早退する。ルートよ、ロイをあまりリリアンに近づけるなよ」

それを聞いたルートは、生真面目な表情で請け負う。

「はっ！　了解いたしました！」

「こう言うとルート君は本当にリリアンさんに誰も近づけないからな……話をするのはいいだろ？」

レックス殿下は最近忙しいみたいで、数ヶ月に一度ぐらいはこうして早退し、ルートに私のことを頼んでいる。

ゲームでルートが主人公のカレンを異性だと認識するイベントでこんな感じの場面があった気がするのだけれど……きっと気のせいでしょう。

私はロイに対して友人以上の感情を持っていないのだけど、ルートとしては気になってしまうらしい。

「あの、そこまで気を張りつめなくてもいいのではありませんか？」

「いえ！　これはレックス様が私に命じられた任務。お心遣いに感謝いたします」

「ルート君は真面目過ぎるよね……リリアンさんはどう思う？」

私たちからは少し離れた場所でロイが尋《たず》ねてくるけど、どういう意図なのだろう。

──ロイの発言は、つい勘ぐってしまうのよね。

ルートはゲーム通り忠犬って感じだ。けれど流石《さすが》にそんなことは言えない。

「年の割にはしっかりしていると思いますよ」

「ありがとうございます！」

「なんていうか……リリアンさんって時々、同じ年とは思えない発言をするよね」

失礼な、どこからどう見ても同い年よ。確かに転生前は二十三歳で、転生してからもう……いや、その年齢を足して考えるのはやめよう。

「荒波を立てないため、力を抑えて生きる私の大人な面を見たことで、ロイ様はそう思うようになられたのですね」

「その通りです！」

「いや、この三年間、リリアンさんは相当やらかしてきたと思うけどね……」

レックス殿下がいないせいか、ロイは言いたい放題だ……元からこんな感じだっただろうか。私の話になると殿下がすぐテンションを上げるから、ロイのことは気にならなかっただけなのかもしれない。

——なんだか、そばにいないと不思議とレックス殿下のことを考えてしまうな。ゲームのメインキャラだったせいだろうか？　うん、きっとそうだ。

そう考えていると先生がやってきて、みんなが席に着く。これから解散の挨拶をして午後から自由になると考えていた時……

「午後から自習時間ですが、本日は冒険者の体験授業があります。希望者は二人から五人組で私のところに来てください」

先生の連絡を聞いて、私は思わずテーブルを叩きながら叫ぶ。

「冒険者の体験授業!?」

先生が驚いてこちらを見る。

「リ、リリアン様……急にどうしました？」

「その体験授業に参加したいのですが、一人ではダメでしょうか？」

「ええっ、リリアン様がですか？　規則ですから、一人では無理ですね……」

すぐさまロイとルートを見ると、ロイは首を大きく左右に振ってＮＧを出している。

ルートは困惑しているけど、二人きりで行動するとレックス殿下が機嫌を損ねるから不安なのかもしれない。

そんなのは私がなんとかするから、ロイは無理だとしても、ルートを誘おう。


自習時間が始まり、私がルートの席に向かうとロイもやってくる。

どうやら私がなにをしようとしているのか察しているようだ。

「リリアンさんは冒険者の体験授業を受けたいんだろうけど、あれって冒険者に興味を持った生徒にどれだけ危険なのかを思い知らせて、現実を突きつけるものだよ」

確かに、ホーリオ学園に通う生徒は貴族の子供たちなのだから、冒険者になるなど普通はありえない。

それでも冒険者に興味を持つのは、魔法を学んだことで気が大きくなって更なるスリルを求めたり、英雄になりたいなどと夢物語を描いたりという子供じみた憧れによるものと判断されるのだろう。

冒険者の体験授業とは名ばかりで、そんな生徒たちに冒険者を諦めさせるための荒療治だというのか。

「ロイ様は、どうしてそう思われるのですか？」

「情報収集をしている時に聞いたんだ。今日は凄腕の冒険者が護衛してくれるみたいだけど、万一ということがあるから僕は嫌だよ」

凄腕の冒険者がつくほどの危険となれば、かつて一番簡単なダンジョンでも怖がっていたロイが嫌がるのはよくわかる。

「ルート様、私と一緒に行きませんか？」

ルートなら、私の頼みを断ることはできないはず。

そう考えていたけれど、ルートは苦い表情を浮かべた。

「……申し訳ありません。レックス殿下に申し訳が立たないので、辞退させてください」

「でしたら、私の望みを聞かないのはいいのですか？」

「ええっ……そんなことを言ったら、ルート君が断れなくなるじゃないか」

ロイはそう言うけれど、ここで引きさがるわけにはいかない。

「なにか問題でもありますか？」

「いや……たとえ授業でも、リリアンさんと二人きりでいたらレックス君はルート君に腹を立てるよ。そこまで冒険者に興味があるのかい？」

ルートを困らせないようにか、ロイは私に質問する。

流石《さすが》に親友だけあって、ロイはレックス殿下の思考がよくわかっている。

ロイからすれば、私が将来冒険者になるなんて想像できないのだろう。

けれど将来――いや、もう来年にはゲームの本編が始まり、主人公のカレンが現れ、レックス殿下は彼女に一目惚れする。ロイやルートも、彼女のことを好きになるはずだ。

そして私はレックス殿下に婚約破棄されて、国外追放される。そうなったら私は冒険者として生きると決めているのだ。

——このホーリオ魔法学園で三人と仲良くしていると、本当にゲーム通りになるなんて信じられないけれど……

とはいえ、そんなことは言えるはずがなく、適当な答えでごまかしてしまう。

「私の魔法と魔力を活かせるのは、冒険者しかないのではないでしょうか？」

「そっか……レックス君はリリアンさんには怒らないだろうね。僕が心配しているのはルート君のほうさ。レックス君はリリアンさんを溺愛しているから、なにをしでかすかわからない」

確かにロイは私たちがずっと一緒にいるのを見てきたから、今はレックス殿下が私を溺愛しているように見えるのだろう。

私もゲームのことさえ知らなければレックス殿下の想いを無邪気に受け入れただろうけれど、期待しても捨てられた時の辛さが増すだけ——そう思うと、レックス殿下のことを信じることはまだ難しかった。

そんなことを考えながら、私はロイに言う。

「その時は私が説得します。それで収まるはずですし、無理なら考えがあります」

「リリアンさんはいつも僕の想像を軽々飛び越えてくるから、不安でしかないよ……ルート君はどうしたいんだい？」

「リリアン様のおっしゃる通りですね。殿下に任された以上、その望みには応えなければならないと思います！　ぜひ同行させてください！」

ルートは決意に満ちた表情でそう宣言する。

ロイは納得したような顔をして、これ以上反対するのを諦めたようだ。

どうやら一緒に行ってくれるみたいだから、私はルートと共に冒険者の体験授業を受けることにした。

冒険者の体験授業を受けようという生徒はほとんどいないみたいで、先生たちがやけに驚いていた。


冒険者の体験授業を終えた翌日、私は馬車に乗ってホーリオ魔法学園に向かいながら、昨日の出来事を思い返していた。

二人で体験授業に行ったことでルートがレックス殿下に叱られるのではと思って、今日は普段より早く学園へ向かっている。

冒険者の体験と言っても、冒険者たちがモンスター討伐の依頼をこなす場面を見学する……というものだった。

凄腕の冒険者たちにとっては強敵ではないようだったけれど、貴族の子供である私とルートを守ることも仕事に含まれているから、それなりに必死なようだった。

依頼内容は、ドラゴン一頭の討伐。緑色のドラゴンを見てルートはかなり怯えていた。

「ルートには悪いことをしたわね」

本来は、ドラゴンの中でも弱い部類とされるリトルグリーンドラゴンを一頭討伐するだけのはずだった。

——それなのに、なぜかものすごく強そうな黒いドラゴンが現れたのよね。

冒険者たちは慌てて私たちに逃げるように叫んだけれど、彼らがブラックドラゴンと呼ぶモンスターは翼を羽ばたかせ、風に魔力を乗せて私を攻撃してきた。

私はその攻撃を、風魔法で無効化したけど……平然と対処する私を見た冒険者たちはドン引きしているようだった。

もし私やルートが怪我でもしていたら大問題なので、私はブラックドラゴンに攻撃されたことを秘密にする代わりに私の魔法のことも誰にも言わないよう約束してもらった。

——冒険者たちはとにかく私に感謝して、ルートに謝っていたっけ。

ルートはルートで、私を危険にさらしてしまったとずっと悔やんでいた。

ルートの姿を思い出し、常に威風堂々としているレックス殿下と一緒に行けたらよかったのに、と思ってしまう。

結局、ブラックドラゴンは冒険者たちが必死になって倒したけど、あれぐらいなら今の私でも勝てそうだった。

「冒険者になりたいのって……私の魔力と魔法がどれほど強いのか、確認してみたいからなのかもしれないわね」

大好きな魔法を自由に扱ってモンスターと戦う冒険者は、私にとって天職かもしれない。

怪我は怖いけれど、回復魔法だって使えるのだから。それにもしやられてしまったとしても、それは私が未熟だったというだけの話だ。

校舎が見えてきて……ルートはいつも早いから、もう到着しているかもしれない。

そして教室に入ると、いつものメンバーは既に来ていた。

私はレックス殿下の席に向かい、集まっていたロイとルートにも挨拶をすると、レックス殿下が私に尋《たず》ねる。

「リリアン。昨日はルートと共に冒険者の体験授業を受けたそうだな。楽しかったか？」

「ええ。楽しかったですよ」

レックス殿下は微笑みを浮かべているので、怒ってはいないようだ。

すると、ルートが私に深く頭を下げる。

「昨日は本当に申し訳ありませんでした……」

「ブラックドラゴンが現れるというアクシデントが起きて、ルート君はリリアンさんを危険にさらしてしまったと落ち込んでいるみたいだけど……そんなことになったら動けなくなるのは当然だと思うよ」

「俺なら前に出てリリアンの盾になっていただろう！」

私はルートをかばおうとするロイ、自分ならもっとうまくやったと言いたげなレックス殿下を見回して頷く。

「そうですね。ルート様は気になさらないでください」

「はっ！　今度こそ、リリアン様を守ってみせます！」

その発言、似たようなことをゲームでも聞いた気がする。偶然だろうか？

「そ、そうね……」

ゲームの場面を思い返して動揺すると、レックス殿下が目を細める。

「……リリアン。ルートをどう思っている？」

「友人です」

「そ、そうか……」

私のあっさりした返答にレックス殿下は困惑している。すると微笑みながらロイが話に入ってくる。

「レックス君としては、リリアンさんがルート君を異性としてどう思っているか気になったんでしょ？」

「そ、そうだな。リリアンは俺の婚約者だから……」

どうやら怒ってこそいなかったものの、昨日ルートと体験授業に行ったことを、レックス殿下はやはり気にしているようだ。

「えっと……異性としては見ていませんよ」

咄嗟に口に出して気づいたのだけれど、これはゲームの主人公カレンの台詞だ。

確かあれは、ルートと急接近したカレンに、ルートを異性として見ているかとレックスが質問する場面。

今のシチュエーションに既視感を覚えてついゲームと同じ返答をしてしまったけれど、私はカレンじゃなくてリリアンだ。

この返答で大丈夫か不安になっていると、レックス殿下は嬉しそうに微笑んだ。

「そうか。それならよかった」

「えっ？　いいのかい？」

ロイが尋《たず》ねるけど、私にはその質問の意図がよくわからない。

「どういう意味だ？」

レックス殿下にもわからなかったようで、ロイは呆気に取られたような表情を浮かべていた。

「いや。なんでもない……レックス君はリリアンさんをもっと問い詰めるとばかり思っていたから、意外だっただけだよ」

異性として見ていない、という言葉は本音だけれど、ゲームと同じ台詞を言ってしまったことで動揺していたから、それがロイは気になったのかもしれない。

「ロイ様は考えすぎなのではありませんか？　昨日もルート様と共に体験授業に行くのを心配していましたし」

「リリアンの言う通りだな。俺としてはリリアンの希望に添わなかったほうが怒っていただろう」

レックス殿下の発言にルートはホッとしているけど、確かに変だ。

私を溺愛しているレックス殿下なら、あっさり納得するのは不自然に感じる。

これまでの嫉妬深さを思えば、もっと怒ってもおかしくない。

もしかしたら……ゲームのシナリオ通り進むように、見えない力でも働いているのだろうか？

それなら、ここからゲーム通りにレックス殿下はカレンを好きになり、私への感情などなかったことのように修正されるのかもしれない。

そうなることはわかっていたのに、いざその未来が近づくと、私は怖くなった。

転生してから年月が経ち、ゲームでの重要そうなイベントもだいぶ記憶が薄れている。

……レックス殿下から婚約破棄され、国外追放を受けた時、どうするかだけは幼い日に決めた通りだ。

今の私にできるのはその日に向けて準備をするくらいだと思うんだけど……なんだか、先に手を打っておかなければならないことがあったような気がして、不安になっていた。


あれから一週間が経った。今日はレックス殿下が学園に来ていない。

席につくとルートが近づいてきた。

「リリアン様、おはようございます！」

「ルート様、おはようございます」

レックス殿下は近頃学園に来られないことが増え、その時はルートが私を守るように言いつけている。

ルートより私のほうが強いけれど、レックス殿下は色々と問題が発生した時の対処法を教えていると言っていたっけ。

ロイによれば「レックス君としては僕以外の異性が近づかないようにしたいんじゃないかな」ということらしい。

「……さて、今日のリリアンさんはどんなことをして、僕たちを驚かせてくれるのかな？」

少し遅れてやってきたロイがそんなことを言ってくる。

いつも私の行動を全肯定するレックス殿下がいないと、ロイはこうして面白がるようなことを言うのだけど――ここのところ、私はまた色々とやらかしてしまっていた。

「……この学園では最上級生になりますから、先輩らしく振舞おうとしたのが裏目に出ましたね」

試験では常に最高得点を取るのは当然として、二年生の時には控えていた先生への口出しを、三年生になると再びやってしまったのだ。

魔法に関してはやはり手を抜きたくなくて、どうしても口を出してしまうのだ。

レックス殿下はそれを見て自慢げにしているけれど、周囲は私の魔法と知識に唖然とするしかないみたいだ。

三年生になって、午後の自習時間に魔力領域の探索をしたり、先生から高難易度の魔法についての話を聞いて試したりしたこともあって、私はさらに強くなっている。

それでも人前では本気を出さないようにしていたのだが、いつの間にか抑えていても異常だと思われるほどになっていたらしい。

「僕を助けてくれた時から思ってたけどさ、リリアンさんは自分にできることがあると、つい動いちゃうんだよね」

私が回復魔法を使ったことは伏せながら、ロイがそう呟く。

一年生の頃、私が普通に過ごすのは無理だと言っていたのはそういうことか。

「来年からは別の魔法学園で再び一年生としてスタートするのに……不安になります」

「リリアン様なら大丈夫ですよ！」

ルートはそう言ってくれるけど、そのグリムラ魔法学園に入学すればゲームの主人公、カレンを好きになるはず。

ロイだってそうで、レックス殿下もそう。この楽しい日々は、もうすぐ終わりを迎えてしまう。

思わず溜め息を吐くと……ロイが私をじっと見つめる。

「レックス君も心配していたけどさ……来年グリムラ魔法学園に入学すると、リリアンさんにとってなにか辛いことでもあるのかな？」

「えっ？」

どうやらレックス殿下は私が不安になっていることに気づいていたみたいだ。だけど、ゲームのことは言えない。

ロイとルートも心配してくれるけれど……優しくされると、なおさらこの関係が終わる時が怖くなってしまう。

「……新生活が不安になるのは、当然ではないですか？」

「確かにその通りです！　私もレックス様、リリアン様と別クラスになる可能性を考えると、不安になってしまいます！」

私がそれらしい理由を答えると、ルートは納得してくれる。

「……そうだね」

だけど、ロイは複雑そうな表情だった。


三年生となってから数ヶ月が過ぎて、クラスのみんなは上級生らしく振舞おうとしている。

私は普段通りだけど、一年生の時から入学したばかりとは思えないと言われ続けていたから、ようやく年相応になってきたというところだろうか。

そんなある日――休み時間にレックス殿下がやってきて、険しい表情を浮かべた。

「どうやら、俺とリリアンが婚約しているようには見えないと学園で噂になっているようだ」

レックス殿下は背が伸びて凛々《りり》しくなり、ゲームのレックスとそっくりになっている。

――だというのになんとなく受ける印象が違う気がするのは、写真と実際に会った人の印象が違うのと同じようなことかしら？

そんなことを考えながらレックス殿下を眺《なが》めていると、ロイが私の席に近づいてくる。

「そのとおりじゃないか。彼女の気持ちを理解できる僕のほうがお似合いだ、なんて言われているよ」

ロイの言葉に、レックス殿下が目を細める。

「……それ、お前が言ってるんじゃないのか？」

それは少しありえそうだ。すると、ロイは溜め息を吐く。

「まさか。最近のレックス君は時々学園を休んでいるから、みんなはそう認識しちゃうんだろうね」

「ぐぅっ……」

レックス殿下が悔しげにロイを睨《にら》むと、ルートがやってくる。

「確かにそのような噂を耳にしたことはありますが、レックス殿下がリリアン様と婚約しているのは事実ですから、なにも問題はないはずです」

「そ、そうだな……ルートの言う通りだ。しかし、『はず』ではなく断言してほしかったぞ」

苦笑いをするレックス殿下。しかし、なぜ殿下はそんな話をするのだろう。

「それで、レックス殿下はなにが言いたいんですか？」

「いや、俺たちがそんなに不仲だと思われているのであれば、今日の校外授業に二人きりで行けば、みんな納得すると思ってな！」

そういえば、午後からの校外授業はいつも四人で行っていたっけ。

どうやらレックス殿下は、その校外授業に二人だけで行きたいらしい。

「わかりました。二人で行きましょう」

納得した私が頷くと、なぜかレックス殿下とロイがぎょっとする。

どうしてそんな顔をするのか不思議に思っていると、戸惑った様子でロイが問いかける。

「……リリアンさん、レックス君と二人きりなのがそんなに嬉しいのかい……？」

「えっ⁉　い、いえ……そんな」

あと一年もすればレックス殿下に愛される日々も終わる……そのことはずっと覚悟していたはずなのに、こうしてレックス殿下といられることを私は嬉しく思っていたらしい。

――それが、表情にまで出ていたとは……

今まで私は、ゲーム通りの結末――婚約破棄と国外追放を受けることを前提に生きてきた。

だからレックス殿下やロイ、ルートと仲良くできるのも今だけなのだと、そう言い聞かせてきた。

それなのに、仲良くなったみんなと離れたくない……そう考えるようになった私は、未来を受け入れることができるのだろうか。

そんな不安を抱えつつ……私とレックス殿下は午後からの校外授業で、魔力領域の森へ向かう。

この授業は危険を伴うため、参加するのは私とレックス殿下だけだ。二人だけで馬車に乗る姿を他の生徒たちが見ていたから、これであの噂は払拭されることだろう。

「今日はルートがいないが、リリアンは一緒のほうがよかったり、するのか？」

馬車に乗って移動中、向かいに座るレックス殿下が、不安げな様子で聞いてくる。

「いえ……むしろモンスターを見ると怯えるので、私の魔法が当たってしまうのではないかと不安になります」

護衛をしてくれるルートには悪いけれど、これが正直な気持ちだった。私とルートでは、力の差がありすぎるのだ。

するとと、レックス殿下が上機嫌になる。

「そ、そうか。俺はずっとリリアンのそばにいて、一緒に戦ってきたからな。そんなことにはならないぞ！」

「……そうですね」

レックス殿下は、常に私のことを考えて行動してくれるけれど、あと一年もすればお別れだ。

私はルートと二人で来るより、レックス殿下と一緒のほうが楽しい――そう言おうとして堪える。

どうせ婚約破棄されるのだから、言わないほうがいい……自分にそう言い聞かせていると、馬車が目的地についた。

――やっぱり、言えばよかったかもしれない。

私は、少し後悔しそうになっていた。

ここはレックス殿下と出会ったあの森で、三年生の校外授業で行ける場所の一つだった。

この森については私たちのほうが詳しいと思うけれど、引率の先生に案内されながら進む。

私は思いついた魔法をとにかく試していった。

想像とは別の効果を発揮する魔法もあったけれど、それを応用してさらに新しい魔法を組み立てる。

そんな私の姿に、先生が驚いていた。

「相変わらず素晴らしい魔法ですね！　リリアン様があと数ヶ月で卒業してしまうだなんて、寂しいものです……」

先生たちにとっても、私の魔法を見て教わることが多いらしく、引率の奪い合いになっているらしい。

卒業したら先生たちとはもう会うこともないだろうから、こうして人目を気にせず全力で様々な魔法を試してしまう。

私が魔法を使っていると、木の枝が折れる音がした。

ハッと顔を上げると……そこには、大型のトラ型モンスター、クロータイガーの姿があった。

レックス殿下と出会った時に戦ったモンスターだ。

私にとっては簡単に倒せる相手だけど、レックス殿下の実力では苦戦するはずだ。

「まさかクロータイガーが出るとは……私が対処しますので、リリアン様は援護をお願いします」

先生が杖を構えながらそう宣言すると、レックス殿下が前に出る。

「いや。このモンスターは、俺にやらせてくれないか？」

「ですが……」

「頼む。リリアンがいるから負けることはないし、俺は過去を乗り越えたいんだ」

そう言って正面のクロータイガーを睨《にら》み、レックス殿下は剣を抜く。

その光景に、私は不安になっていた。

ゲームのレックスは子供の頃、クロータイガーによって一生消えない傷をつけられる。

でも、この世界では私がクロータイガーを倒し、その過去はなくなってしまった。

そして今レックス殿下が一人でクロータイガーと戦う。これは偶然だろうか。

これは運命——ゲームのシナリオ通りに戻そうとする強制力のようなものが働いているのかもしれない。だとすれば……この戦いで、レックス殿下はゲームと同じように傷を負ってしまうのでは……

それなら私は――レックス殿下を戦わせたくない。

「やめてください！　私が倒します！」

私の叫びを聞いたレックス殿下は、真剣な眼差しを向ける。

「大丈夫。なにがあってもリリアン、君を守ると言ったのだから。……この程度のモンスター、一人で倒してみせよう！」

レックス殿下が、クロータイガーに迫る。

子供の頃に倒したものとは動きが違う。このモンスターは強い個体なのかもしれない。

クロータイガーがすばやく繰り出す爪を、レックス殿下は的確に剣で弾く。

そして……一気に間合いを詰めて、クロータイガーを両断した。

「一撃で……リリアン様も素晴らしいですが、レックス様もとてつもないお力です！」

先生が歓喜して、私も唖然としていると……レックス殿下が微笑む。

「今までずっとリリアンの力になるために頑張ってきたからな。それでも、リリアンより遥かに弱いが……俺は、リリアンのそばにいたいんだ」

「そ、そうですか……そ、それは……」

そう言ってくれるのは嬉しいけど、私はなんと答えればよいのかわからなかった。

そんな私を見て、レックス殿下が呟く。

「やはり……リリアンはなにか不安なことがあるのだな。……きっと、俺に言えないことだろう」

「えっ⁉」

レックス殿下の発言に、私は驚いた。

私を見つめながら、レックス殿下は話す。

「リリアンがなにを心配しているのかは知らないし、それが言えないものなら聞かない。だが……俺は絶対に、リリアンのそばにいると誓おう」

「……ありがとう、ございます」

本来なら、レックス殿下はクロータイガーとの戦いで、一生残る傷を負ったはずだ。

その運命を打ち破るように、レックス殿下は傷一つ負うことなく倒した。

レックス殿下の行動だけは、ゲームの知識があっても予想できなくなっている。

そんな殿下を見て……この世界は紛れもなく現実なのだと、私は本当の意味で受け入れることができそうな気がしていた。


月日は流れて――今日で私たちは、ホーリオ魔法学園を卒業する。

卒業式を終え、私は今日で見納めになる教室を眺《なが》めていた。

「今日で、この知らない学園生活も終わるのね」

ホーリオ魔法学園での生活は、ゲームの中では描かれなかったものだった。

そして――来月からはゲームの舞台であるグリムラ魔法学園に入学し、ついにゲームの主役カレンが登場する。

「リリアン、大丈夫か？」

どうやら私は、また不安が顔に出ていたようだ。

レックス殿下が近寄ってきて、ロイとルートも少し離れてこちらを見ている。

「はい。今日で卒業……来月から始まる新たな魔法学園でなにが起こるか考えていました」

レックス殿下がクロータイガーを撃破した場面を見たことで、この世界はゲームとは違うと思えるようにはなってきていた。

それでも……ロイやルートがいることを思うと、この世界はゲームに沿って動いているのだろう。

グリムラ魔法学園では本来の主人公であるカレンが現れて、レックス殿下、ロイ、ルートは攻略キャラらしく動くのかもしれない。

カレンは見た目も可愛らしく、性格は明るく前向き、平民ながら特待生になるほど優秀で、周囲から妬まれていた。

そんな時レックス殿下たちに助けられたり、逆に彼らを助けたりすることで恋愛に発展していくのだけど……ゲームを思い返していると、やっぱり不安でしかない。

「普通に過ごすなんて言っていたのに、結局リリアンさんは首席で卒業したもんね……あれでも、相当手を抜いていたと思うけどさ」

「少し前にネーゼと会ったが、今のリリアンの腕前はもはやネーゼを上回ると言っていた。この国でトップの力を持つと言っても過言ではないだろう！」

「流石《さすが》はリリアン様です！　私はリリアン様やレックス殿下に相応《ふさわ》しい護衛となってみせます！」

この三年間、目立たず普通に過ごそうと思っていたのに、結局私は色々とやらかしてしまった。流石《さすが》に有名になりすぎたから、グリムラ魔法学園では優等生らしく振舞わなければならないけれど、今度こそ力は抑えるつもりだ。

「グリムラ魔法学園での一年間がどうなるか不安でもありますが……楽しみでもあります」

これは本心だ。今の楽しい日々を失うのは不安だけれど、ゲームでプレイしたイベントは見てみたい。

転生してから年月が経ちすぎて記憶はかなり曖昧だけど、重要なイベントが起きれば思い出すだろう。

「一年？　来月から通うグリムラ魔法学園は、四年制ではなかったか？」

「えっ!?　その……やっぱり最初の一年が肝心と言いますし……」

ゲームでリリアンが婚約破棄されるまでが約一年間の出来事だから、ついそう言ってしまった。

私の言葉にルートは納得したようだ。

「確かにそうですね。貴族の子なら入れるホーリオ学園と違い、グリムラ魔法学園は成績優秀な人しか入れません。今まで会ったことのない優秀な生徒が現れることでしょう」

「優秀な人同士でグループを組むこともあるみたいだけど、僕たちはもうこの四人でグループみたいなものだよね」

「えっ!?」

ロイがそんなことを言うから驚いていると、レックス殿下が頷く。

「そうだな。リリアンを中心としたグループのようなものか！　俺たちなら、なにがあっても対処できるだろう！」

「そ、そうですね……」

ロイとレックス殿下は私の不安を打ち消すためにそう言ってくれているのだろうけど、さらに不安になる。

既にこのメンバーでグループになっているから怖がらなくていいと考えているのだろう。だけど、私はこのグループが、カレンの登場で崩壊することを危惧している。

杞憂かもしれないけど、ごまかすために苦笑いを浮かべた。

そうしているうちに帰りの馬車がやってくる。

私たちは学園の門を抜けて、各々の家の馬車へ向かおうとした。その時、レックス殿下がルートを振り返る。

「ルートとは入学式まで会うことがなさそうだが、元気でな」

「はっ！　再びレックス様とリリアン様と同じクラスになりたいものです！」

ルートは元気よく返事をする。それを見て、ロイは数回頷いた。

「ルート君の成績なら大丈夫だと思うけどね」

ゲームだと確かにルートは私、レックス殿下と同じクラスだけど……ロイは違った。

「そうですね……ルート様はともかく、ロイ様は大丈夫なのでしょうか？」

「どうして僕を心配するんだい!?　全然問題ないから！」

そんなつもりはなかったのだが、遠回しにロイの成績が悪いのではないかと言ったことになってしまい、ロイはショックを受けている。

ゲームだとロイは病を抱えていたので特待生ではなかった。

――今は私が治したから大丈夫だと思うけれど……

そんな私とロイを眺《なが》めながら、レックス殿下は満足げな表情をしていた。

「俺のことは特待生になれると信じてくれているようだな。ロイはもっと頑張るように」

「うぅっ……魔法に関してはレックス君と同じぐらいの成績なのに……」

ロイが珍しく悔しげにしている。私に疑われたのがそこまでショックだったらしい。

悪いことをしてしまったと思いながら、私は屋敷への道中ずっと思案していた。

この世界はゲームの設定をベースにしているけれど……行動を起こせば状況は大きく変わる。

――来月にはゲームの本編が始まるのだから、今の時点でゲームとはどこが違うのか整理しておくべきね。

キャビンには私一人だから、つい独り言を呟く。

「まず、魔法を使うことが楽しすぎて、レックス殿下を助けたのだったわ」

あれが、全ての始まりだった。

あの事件でレックス殿下と仲良くなって、ネーゼに魔法――それもほぼ不可能とされていた回復魔法を習得し、本来ゲームを進めないと治らないはずのロイの病を治してしまった。

ホーリオ魔法学園で出会ったルートとの関係は良好で、ここはゲーム通りだから問題はないはずだけど……レックス殿下とロイはゲームと違いすぎる。

レックス殿下と婚約者になったのはゲーム通りとはいえ、なぜか私を溺愛するようになった上、私を守ろうと頑張った結果、ゲームより遥かに強くなっている。

ロイはレックス殿下と仲がいいのはゲーム通りだけど、魔法の成績を殿下と競うほどになっていたり、私と親しかったりと大きく変わっている。

ゲームでは病の影響で魔法が得意ではなかったし、リリアンともさして仲良くなかったはずだ。

「やっぱり……おかしくなってる理由って、どう考えても私よね」

私は頭を抱えた。

「カレンに会えるのは楽しみだけど……今の私を見たら、どんな反応をするのかしら？」

もう私は悪役令嬢なんて呼ばれるとは思えないほど、ゲームのリリアンとは違う。

魔力や魔法の腕は格段に向上しているし、ゲームと違う展開になるのは避けられないだろう。

過ぎたことは仕方がないけど、不安だ。

第四章　ゲームのはじまり

ついに明日——私たちはゲームの舞台である、グリムラ魔法学園に入学する。
その前にお城に招待されて、私とロイはレックス殿下の部屋に集められたのだけど、なんの用だろう？

私たちが椅子に座ると、レックス殿下が私を見て言った。

「リリアン。明日から環境が変わることが不安なのかもしれないが、だからこそ今までのことと、これからのことを話しておきたい」

「えっ？」

「ホーリオ魔法学園に入学した時、リリアンさんは普通に目立たず生きたいって言っていたけど、結局失敗していたからね……それなら、あらかじめみんなで話し合うべきかと思ったんだよ」

ロイが微笑みながら言うけど、私はこれからなにが起こるのか知ってますだなんて言えない。

「ホーリオ魔法学園での三年間を振り返ってみると……特別なことは、ルートと出会ったことぐらいしかないような気がしますね」

「リリアンさんの中だと、そうなのか……」

校外授業での事件もあったけれど、改めて思い返すようなことがあっただろうか。

選ばれた貴族だけが通う学園だからか、行事もあまりなかったし、他にあるとすれば私がやらかしたことぐらいでしょう。

「俺がクロータイガーを倒したことはどうだ！」

レックス殿下はもしかして、その話がしたかったのだろうか？

「それもありますね。それ以外は……普通に学園生活を送れていたのではないでしょうか？」

「リリアンさんだけ明らかに次元が違っていたよ。あれで抑えていたというのだから恐ろしくなる……僕としては、追いつきたいと思っているけどね」

「ロイよ。それはどういう意味だ？」

「レックス君よりリリアンさんに相応《ふさわ》しい人になれたら、チャンスがあるかもって思っているだけだよ」

楽しげに言うロイを、レックス殿下が睨《ね》めつける。

「随分とふざけたことを言うが、俺はリリアンを守るために鍛錬し続けているから、そんな時は未来永劫訪れないだろう」

そのあとも三年間なにがあったのかを思い返してみるけれど、私が目立っていた以外は普通の学園生活だったように思う。

ゲームで体感したグリムラ学園生活の一年間は密度がすごかったのに――そうだ、私は悪役令嬢のリリアンで、主人公のカレンではないのだ。

――だからと言って、悪役令嬢らしくカレンに嫌がらせをしようなんて思わないけれど。

カレンの身になにが起こるのかはわかるけど、リリアンのことはわからない。ゲームで発生するイベントはすべて、カレンの近くで起こるものだ。

とすると、今まで私のそばにいてくれた三人が、私の知らないところでカレンを好きになる可能性は高い。

今のレックス殿下の好感度を思うと、私がよほどのことをしでかさない限り、そう酷いことになるとは思えないが……ゲームでリリアンが婚約破棄され、国外追放されたのは間違いないのだ。

それでも、私の理想はレックス殿下、ロイ、ルートと仲良く過ごすことだった。

「目立ってしまいましたけど、あくまでホーリオ魔法学園の中での話です。学生であるうちはこれ以上目立つことにはならないようにします」

表向きはそうレックス殿下とロイに伝えながらも、実際は別の目標を立てていた。

「……リリアンさんがいいなら、それでいいんじゃないかな。僕は回復魔法を使えるようになるのが目標だよ」

「俺はリリアンのそばにいつづけることが目標だ。グリムラ魔法学園は身分より実力重視だから、ライバルが出てくる可能性は高い……それでも、俺はリリアンのそばにいるため努力しようではないか！」

――このあとカレンに一目惚れするから、その目標は自分で撤回することになるんじゃないかしら。

そう考えながら私は、二つの目標を思い浮かべる。

この生活を維持する。

主人公のカレンに迷惑をかけないようにする。

この二点が入学してからの目標だけど……ゲームの知識があるからこそ、達成できるのか怪しかった。

翌日――初日は婚約者らしく一緒の馬車で登校しようとレックス殿下が提案し、私とレックス殿下はキャビンの中で対面している。

私がなにも言わないでいると、レックス殿下が口を開いた。

「リリアンは緊張しているのか？」

「はい……ついに学園に入学するのですね」

「つい先日までホーリオ魔法学園に通ってだろう？　……ホーリオ魔法学園に入学した時より、遥かに緊張しているように見えるぞ」

レックス殿下にとっては同じようなものなのだろう。

けれど私にとってはゲームで知っている一年間がついに始まるのだ。

「いっ、いえ……ホーリオ魔法学園とグリムラ魔法学園では規模が違いますから」

「確かにそうだな。実力さえあれば下級の貴族、それどころか平民すら入れる魔法学園……今までとは違い、成績が優秀でないと卒業はおろか進級することもできない。不安になるのも当然だ」

前世の記憶がある私としては、それは学校としては割と普通ではないかとも思うのだけど、ホーリオ魔法学園はどんな成績でも卒業できた。

「今まで触れあうことのなかった人々と関わるのですから緊張しますよ……私たちは、ホーリオ魔法学園で交友関係ができているので助かりました」

「その通りだ。だが、逆に言えば身分が高い者を先に組ませることで、身分が低い者と関わらせないようにしているのかもしれない」

なるほど。レックス殿下の発言も一理ある。

「クラスは六クラスあり、入学試験の結果に応じて一番優秀な一組から順に組み分けされるらしい」

入学試験は、ホーリオ魔法学園の卒業試験とほとんど同じような内容だから、ホーリオ魔法学園の卒業生ならまず入学できる。

実技の試験もあって、私は筆記試験と魔法の実技、どちらも満点をとっていた。

実技試験は簡単な魔法を使って見せるもので、手を抜きたくはなかったけれど加減することはできた。

「私とレックス殿下、ルート様は間違いなく一組でしょうね」

ロイはゲームで六組だった。けれど今のロイの成績なら、一組に入るのは疑いようがない。

だからもしもロイが六組にされるようなことがあれば、間違いなくゲームの設定に寄せようとする強制力が働いていると確信できる。

「リリアンはロイが一組になれないと思っているようだが、なぜだ？　総合的な成績ではルートより優秀だったはずだぞ」

「そうですね。そうですけど……ロイ様が病気だったことを鑑《かんが》みて、学園側が競争の厳しい一組には入れないでおこうと判断するのではないかと思ったのです」

「なるほど……確かに、その可能性はあるか。俺としては一緒のほうがいいが、リリアンに絡まなくなるのならアリだな……」

不安になっている理由に納得してくれたのか、レックス殿下は頷いている。

馬車が止まって、どうやら目的地に到着したようだった。

グリムラ魔法学園に到着して――私のテンションはとてつもなく上がっていた。

「レックス殿下！　グリムラ魔法学園ですよ！」

そんな私を見て、レックス殿下は唖然としている。

「そ、そうだな……」

小規模だったホーリオ魔法学園と違って、ここには広大な校舎が並び、実技に使う広場も大きくて、学生たちが様々な魔法が飛び交わしているのが見える。

ゲームの景色通り……いや、それ以上の景色を目の当たりにしたら、興奮するしかない。

そして、私がここに来てなにより感動したのは――

「グリムラ魔法学園は魔力が溢れる場所、魔力領域内に建てられた学園ですから、普段よりも遥かに強い魔法が使えるんですよ！」

「ああ。確かにリリアンはそういうのが好きそうだな……さて、ロイが何組なのか、確認しに行くとしよう」

納得してくれたレックス殿下は、新入生のクラス分けが張り出されている掲示板へ向かおうとする。

順当に行けば私と、レックス殿下、ロイ、ルートは特待生の一組になるはず。

ロイの実力で一組に入れなかったら、やはりなんらかの力が働いているということだろう。魔法に関してなら、ロイはレックス殿下と同じかそれ以上に優秀だ。

私とレックス殿下は、掲示板の前に到着する。

そこには既にルートとロイが待っていて、ロイが満面の笑みを浮かべていた。

「いやぁ、リリアンさんが不安そうだったから心配で仕方なかったけど、僕も一組だったよ」

「私より試験の結果は上でしたから、ロイ様が一組なのは疑うべくもないと思っていたのですが……心配しておられたのですね」

掲示板を見ると……ルートの名前は真ん中ぐらいにあって、ロイとレックス殿下は上から三番目と四番目だ。

そして一番上に書かれているのが私、リリアン・カルドレスの名前だった。

「これは入学試験の成績順か……二番目のカレンというのは誰だ？　どうやら平民のようだが……」

「えっ!?」

レックス殿下がカレンという名前を口にした。

ゲームでのレックスは、入学試験の成績でカレンに負けたことから彼女に興味を持つようになる。

ということは、同じようにこの成績順の掲示板を見ていたのかもしれない。

私とロイの名前の間に……確かに、カレンの名前がある。

ゲーム通りレックス殿下はカレンのことを気にしているようだから……やっぱり、どう頑張ったとしても、楽しかった私の生活は、今年限りで終わるのかもしれない。

そう思ったのだけど、もう掲示板に張り出された中で他に知っている名前がないか確認し始めているレックス殿下を見ると、今はまだカレンに興味はないようだった。

「よかった……」

咄嗟にそんな声が漏れてしまう。やっぱり私はレックス殿下と離れたくないと思っているのだろう。

カレンは、二位とはいえ一組の中で唯一の平民だから、なかなか目立っていた。

なにせ、ほとんどが家名まで書かれている中で、カレン一人だけが「カレン」という名前しか記されていない。それが彼女が平民である証左だった。

レックス殿下はひととおり掲示板を眺《なが》めると、再びカレンの名を凝視《ぎょうし》している。

「俺の成績がロイより下なのは気にくわないが、ロイより優秀な生徒がリリアン以外にもいるとはな」

カレンは、ゲームとは違い魔法を必死に勉強していたロイよりもなお上だった。

ゲームでカレンのすごさを知っている私でさえ驚いたのだから、ロイも当然驚愕している。

「僕もビックリだよ……このカレンさんって、一体どんな人なんだろうね」

「一組の中でカレン様だけが平民なので、目を惹きますね……教室に行けば、わかるのではありませんか？」

どうやら三人とも、結局カレンが気になっているみたいで、私はまた不安になった。

そんな私に、レックス殿下が尋《たず》ねてくる。

「リリアン……どうした？　大丈夫か？」

「えっ⁉」

レックス殿下に声をかけられて顔を上げると、ロイも私のほうを窺っていた。

「今のリリアンさんは不安と期待が半々っていう表情だからね……もしかして、カレンさんを知っているのかい？」

期待——そう言われて気づいた。どうやらこの日常が崩れることを不安に思いながら、ゲームの主人公であるカレンに会えることを、どこかで期待してもいたらしい。

「いっ、いえ。全く存じ上げませんが……ロイ様より優秀となると……すごい方なのですね」

「全くだ……一番がリリアンさんなのは当然として、それ以外で僕より上の人がいるなんて、いまだに信じられないよ」

ロイのその言葉を聞いて……私はゲームの場面を思い出す。

カレンがみんなに注目されていたのは、平民にもかかわらず、成績が一番だったからだ。

だけど、今は私が一番になってしまったから、ゲームよりカレンは目立っていないようだった。


私たちは一組の教室に入った。

どうやら半数ぐらいはホーリオ魔法学園で一緒だった子たちのようだけど——残り半数の視線が、一斉にこちらへ向く。

「なんだ？　やけにざわめいているようだが？」

レックス殿下は困惑しているが、ロイとルートは状況を察したらしい。

「恐らく、私たちの存在が学園内で広まっているのでしょう」

「王子とその婚約者の公爵令嬢に、公爵令息と侯爵令息だからね……」

私たちは敵に回したら最後、家が取り潰しにされてもおかしくないほどの権力を持つグループだ。

ざわめいている教室の様子を見渡すと、親から仲良くなるよう言われている生徒と、危険だから関わるなと言われている生徒が半々なように見える。

そして……一人だけ、明らかに誰とも関わろうとしていない女生徒の姿があった。

他の生徒たちが早速グループになって喋っている中、教室の端で一人佇んでいる女生徒が、そっと私たちを窺っている。

私が目を向けた瞬間、彼女は窓の景色を眺《なが》めはじめたけど……独特な桃色の髪、細身で儚《はかな》げな雰囲気を持つ美少女。

平民だからクラスのみんなは相手にしていないように見えるけれど、彼女の周辺だけ独特の空気がある……間違いなく、彼女がカレンだ。

カレンは魔法の才能に優れ、身体能力が高く、行動力のある女の子。

それがゲームでのカレンで――最初は平民のくせにと他の生徒に蔑《さげす》まれながら学園生活を送ることになっている。

確かこの場面はゲームだと……カレンがレックス殿下を見つめて、あの人がこの国の王子様か、と感激している場面のはず。

それなのに、カレンは私たちを眺《なが》めただけで、すぐさま窓の景色に目を移した。

カレンを見ていると、ロイが私に声をかける。

「席は自由に座っていいらしいけど……どこに座ろうか？」

私はゲームのイベントを思い返す。

これはレックスがカレンに声をかけて、隣の席に座る場面だ。

そして悪役令嬢リリアンがカレンの後ろの席に座り、二人の会話に嫉妬心を強めるはずなのだけど……私もゲーム通りに、カレンの後ろの席に座るべきだろうか？

その前にレックス殿下がどうするのか、様子を見たい。

そう考えていると――

「――リリアン、どこの席に座る？」

「えっ!?」

「リリアンさん。今日は驚いてばかりだね」

ロイの余計な一言を聞き流しながら、レックス殿下が戸惑ったように尋《たず》ねる。

「どうした？　俺はなにかおかしなことを言っただろうか」

「いえ、その……私が決めてよろしいのですか？」

レックス殿下はカレンのことを気にするのではないかと思っていたのに、いつも通り私を優先してくれている。

思わず声を上げると、カレンが再びこちらを見た。

……カレンはとてつもなく可愛くて、私が勝てるのは魔法ぐらいのものだ。

私の質問に、レックス殿下が頷く。

「構わないぞ。リリアンの近くに俺が座るのだからな」

「そう言うけど……四人で座れる席なんて、もうあの珍しい髪色をした子の近くしかないよね？」

確かに……私たちがゆっくり来たこともあって、教室の席には既に半数以上の生徒が座っている。

私たちがその気になれば席を譲ってもらうことなんて簡単だろうけど、そんなことに権力を使うべきではない。

ロイが困惑した声をあげていると、レックス殿下が不思議そうに言った。

「なにを言っている？　別にロイとルートはリリアンのそばでなくてもいいだろう？」

「この教室ならどこにいても護衛できますから、レックス殿下の言う通りです」

ルートの頭の中では、この教室に犯罪者が現れて戦闘になる空想でも繰り広げられているのだろうか？

「そうですね……それなら私は、彼女の、カレンさんの後ろの席へ行きます。そうすれば問題なく四人集まって座れそうですから」

「そ、そうか。リリアンがそう言うのならそうしよう」

みんなと近い席のほうがいいし、ゲームでよく知る場面なのに、ゲームと違う行動をするのはなんだか違和感があって、私はついそう言っていた。

カレンと近づいてレックス殿下がどう反応するのかも気になる。

その好奇心が最悪の事態を招くかもしれないけれど……レックス殿下がクロータイガーを倒した

ように、ここでもゲームと違う展開になるんじゃないかと、期待もあったのだ。

私はカレンの後ろの席に座ると、そのさらに後ろの席にロイが座り、隣にレックス殿下、レックス殿下の前――カレンの隣の席にルートが座る。

ルートはカレンに興味がなさそうで、レックス殿下もカレンではなく私のほうをずっと見ている。

とにかく、レックス殿下は声をかけそうにないから、私がカレンに声をかけることにした。

「あの、初めまして……私はリリアン・カルドレスと言います。貴方は、もしかしてカレンさんですか？」

カレンは少し困惑したような表情で一礼する。

「あたし。いえ、私はカレンです。これから、よろしくお願いします……」

声がゲーム通りだったことに感動するけど、挨拶に元気がないのはゲームと違う。

ゲームのカレンはいつでも元気いっぱいで、レックスやルートにはもちろん、悪役令嬢リリアンにも明るく声をかけていた。それなのに、どうしてこのカレンはこんなに元気がないのだろう。

ゲームと違ってレックス殿下じゃなく私が声をかけたとはいえ……私はそんなに怖いのだろうか？

もしかしたら、緊張して怖い顔をしていたのかもしれない。

カレンはいい子だってわかっているのに……どうしてもリリアンという存在は、カレンに敵意を持つことになるのだろうか？

色々と考えていると、レックス殿下がカレンに挨拶をする。

「どうやら君は平民の出のようだな。俺はレックス。アークス王家の第三王子だ」

「……はい。よろしくお願いします」

「入学試験では君のほうが上だったが、俺はリリアンに相応《ふさわ》しい男となるため、いずれ君を追い抜くだろう！」

言いたいことを言って満足したのか、レックス殿下は再び私のほうに向きなおった。カレンとの最初の会話なのに、それだけでいいの？

ゲームと違ってレックス殿下はカレンに一目惚れすることもない。それよりも私の隣の席で授業を受けるのが楽しみなようだ。

こうなるかもしれないとは思っていたし、そうなることを望んでいた自分もいるけれど、実際目の当たりにすると困惑する。

不安になっている間に担任教師がやってきて、私たちにグリムラ学園についての説明をした。

午後からは選択授業で校外に行くこともできるようで、そこはホーリオ魔法学園と同じらしい。

そして、担任の先生はこれから集会に行くと説明し、なぜか私のほうに視線を向ける。

「このクラスは一組――特待生クラスです。その中でもあそこの席にいるリリアン様とカレンは筆記試験、実技試験共に大変優秀な成績を収めています。みんなは彼女たちを目標にしてください」

そんな先生の説明を受けて、私は困惑しているカレンに目をやった。

そういえば……本来ここは、カレンだけ名指しされるところだ。

確かそのあと、悪役令嬢リリアンがカレンは不正をしたに違いないと言い出して、一部の生徒たちが賛同する中、レックスがリリアンを咎《とが》める場面のはず。

私は絶対にそんなことは言わないし、今のレックス殿下はカレンに目もくれず私を自慢げに眺《なが》めている。

クラス中の視線が私とカレンに向けられている。カレンはそっとこちらを振り返って私のほうを窺う。彼女の戸惑った表情が目に入るが、私と目が合ったらすぐに逸らしてしまった。

ゲームのカレンとは全然違って、今のカレンは大人しくて控えめな印象だ。

もしかしたら、ゲームのカレンは入学試験で一番の成績を取って自信がついたから、あんなに元気な性格になったのかもしれない。

カレンの性格は、明らかにゲームと異なっている。

この世界がゲームと違ってしまったのは、主に私のやらかしたことが原因だけど、これに関してはどうすることもできなかった。

そのあともカレンは孤立していて、本来彼女を助けようとするはずのレックス殿下は声をかけようともしない。

カレンが一人でいるのを見ると、私はカレンの力になりたいと思うようになった。

ロイが前に言っていたように……やっぱり私は自分にできることがあるのなら、どうにかしたくなってしまうようだ。ましてやこの事態は、私が原因なのだから。

入学式が終わって今日は解散となり、私の席にレックス殿下とロイ、ルートが集まっている。

カレンは誰とも関わりたくなさそうな様子で、すぐに外へ出ていった。

――ゲームではレックス殿下が一緒に学園を巡らないかとカレンに提案していたけど、そんなことにはなりそうにないわね。

「リリアンよ。グリムラ魔法学園が気に入ったのなら、これから学園を巡らないか？」

「私に言うんですか⁉」

思わず叫んで注目を浴びてしまい、私は真っ赤になった。

咄嗟に「カレンに言わないんですか⁉」と言わなかっただけよかったと思うことにしよう。

レックス殿下は首を傾げ、ロイとルートをちらりと見る。

「この二人と行ってもつまらないからな」

「私は護衛としてご一緒したいのですが、やめておいたほうがよさそうですね」

ルートが賛同する中、ロイは溜め息を吐いて言った。

「僕だってレックス君と二人で学園を巡るくらいなら一人で巡るよ……そんなことより、リリアンさんはずっとカレンさんを見てたけど、気になるのかい？」

どうやら私は前の席のカレンさんをばかり眺《なが》めていたようだ。

いい機会だから、みんながカレンをどう思っているのか聞いておきたい。

「カレンさんは私と同じく入学試験満点ということでしたから私と同等か、あるいはそれ以上の実力があってもおかしくはありません。……きっと私がカルドレス家の令嬢だから、一番上にしておきたかったのでしょう」

「リリアンさんは全力じゃなかったけど、満点ってことはもしかして、カレンさんも全力じゃない可能性があるってことかな？」

「……ええ。ですから、興味があります」

ゲームの主人公なのにゲーム通り動いていないことが気になった、なんて言えないから、カレンを気にしている理由をうまくつけられてよかった。

私とロイの会話を聞いて、ルートとレックス殿下は納得した様子だ。

「流石《さすが》にリリアンを超えるとは思えないが……俺にとっては強力なライバルとなりそうだ！」

レックス殿下はあくまでカレンを競争相手として認識しているようだけど、私は念のため追及しておく。

「レックス殿下、それだけですか？」

「なっっ⁉　そ、それだけに決まっているだろ⁉　リリアンはなにを言っている⁉」

えっ？

どうしてレックス殿下は取り乱したのだろうと首を傾げていると、ロイが微笑む。

「ははっ。レックス君はリリアンさんに嫉妬されたと思ったようだね。実際レックス君はカレンさんに興味があるのかい？」

ロイの説明で、私はようやく理解する。

どうやらレックス殿下は、私が嫉妬したと勘違いしたようね。

「これから追い抜くべき相手だと認識しているが、特に異性として見てはいない！」

ゲームでカレンに一目惚れしていたレックスと同一人物とは思えない発言に、私は思わず尋《たず》ねる。

「カレンさんは私より可愛くて、スタイルもいいですよ」

「カレンは少し痩せているからな。俺はリリアンのほうがいいぞ！」

そう言われてると、なんだか私が太っているかのようで少し傷つく。

――いいえ……カレンがスリムなだけで、私は普通、標準……よりほんのちょっぴり重いけど、美味しい食べ物が多いせいよ。

しかしこうなるとゲーム通りいかなさそうで嬉しくもあるけれど、カレンはこれからどうなるのだろう？

もしカレンが酷い目に遭うのなら、私が好き勝手してきたのが原因だ……それだけは避けたい。

今日のことを振り返りつつ、私はゲーム内のイベントを思い返す。

これからなにが起きるのかあんまり覚えていないんだけど……悪役令嬢リリアンって、大体嫉妬から思いつきで行動していたような気がするわね。

カレンを授業に遅刻させようとしたり、試験で失敗させるための嫌がらせをしたりと、悪役令嬢リリアンは自分が成長することより相手を貶《おとし》めることばかりしていた。

私は当然だけどそんなことをする気はないから、ゲームとは全然違うイベントが発生するのだろうか。

本来なら入学試験で二番だったレックス殿下は一番のカレンと成績を競い合いながら、一目惚れした彼女を溺愛することになるけど、この世界はゲームとは違い、入学試験のトップは私だ。

それがショックでカレンは元気がなかったのかもしれないけれど……それだけで、ここまで変わるのだろうか？

とにかく恐れていた事態は回避できそうだけど、妙な部分が多くて、よくわからなくなっていた。

あれから二週間が経ち、私たちはグリムラ学園に入学して初めての試験を受けることとなっていた。

といっても、中間試験、期末試験といった定期試験ほど大きなものではなく、実技の授業内での力試しのようなものだ。

魔法の実技で使う教室には舞台があって、そこでみんなの前で魔法を披露していく。

私の左右にレックス殿下とロイが座り、レックス殿下の隣にルートが座っていた。

そしてロイが、舞台を眺《なが》めながら呟く。

「これはクラス内での実力を見る試験のようだね……あの入学試験での成績順に不満のある生徒が、自分の力を証明するため、という側面もありそうだ」

冷静に分析するロイに、レックス殿下が頷く。

「そうだろうな。それでも、他の生徒が俺やロイより優れているとは思えん」

「まあ……僕が二番目か三番目なのは確定だろうね」

「お前、俺に勝てる気でいるのか？」

「僕のほうが入学試験の成績は上だったから、今回も勝つよ」

レックス殿下とロイが言い合いを始めているけれど、私としては他のことが気になっている。

本来、カレンを中心に色々なイベントが発生して、それから初めての試験があった気がするけれど、今のカレンはレックス殿下、ロイ、ルートの誰とも関わっていなかった。

ゲームだと確か……レックス殿下との会話中にルートと挨拶をすることになる場面や、他にも偶然別クラスのロイと出会う場面、そしてレックス殿下がカレンに優しくて、それを見た悪役令嬢リリアンが怒る場面……私が覚えているだけでも、入学してから今まで、これだけのイベントがあったはずなのに。

「リリアン。どうした？　大丈夫か？」

いつもの様子でレックス殿下が私を心配してくれるけど、ゲームと違う、なんて言っても変だと思われるだけだ。

「大丈夫です。カレンさんの魔法の腕前に驚いたもので」

そう言って、舞台で魔法を披露するカレンを眺《なが》める。

カレンの魔法はレックス殿下やロイよりも優れていて……流石《さすが》ゲームの主人公だけのことはあった。

それはみんなもわかっているようで、カレンの腕前に感心しているようだ。

「確かにすごいが、俺はそのカレンを凌駕し、リリアンに相応《ふさわ》しい男となろう！」

「相応《ふさわ》しい男になるというのは僕も同じだけど、凌駕するのは無理そうかな……カレンさんは本当にすごいよ。追いつける気がしない」

カレンは授業で習った魔法に自らの魔法を加えて応用している。

最初の試験から高難易度の魔法を見せられて、クラスのみんなは唖然としている。

そんなカレンを眺《なが》めるレックス殿下が、なぜかどや顔で告げた。

「ふっ……リリアンのほうが遥かにすごい」

「いやいや、リリアンさんと比較してもしょうがないでしょう」

突然私のことを持ち出してきたので、ロイが窘《たしな》める。

そんなロイの反応に、レックス殿下は言いすぎたと反省している様子だ。

「そ、そうだな……今のは俺が悪い」

この二人の中で、今の私は一体どういう扱いなのだろうか。

それにしても、カレンがなにも行動していないのは奇妙で、不気味でもある。

カレンは時々私をじっと眺《なが》めている……もしかしたら、私に嫉妬しているのではないだろうか。

本当なら、今の私の位置には、カレンがいるはずなのだから。

もし私の推測が当たっていれば、カレンのほうが悪役令嬢のような行動を起こしてしまうのではないだろうか。

今の元気がないカレンはゲームのカレンと違うから、なにが起こってもおかしくないように思えた。

グリムラ魔法学園に入学して、一ヶ月が経っていた。

お昼の休み時間中、教室で先ほどの授業を思い返しつつ、私はここ一ヶ月を振り返る。

試験で少しやらかしそうになったくらいで、それ以外は問題なく過ごせていると思う。

ホーリオ魔法学園で散々やらかしたのは、今となっては正解だった気がする……もしあそこでの経験がなかったら、私は取り返しのつかない失敗をしでかしていただろう。

「リリアンよ。入学して一ヶ月になるが、この学園はまだ慣れないか？」

知らずに張り詰めた表情をしていたらしく、レックス殿下が心配してくれる。

「そ、そう見えますか？」

「私は普段通りだと思いますが……」

そうルートが言ってくれるけど、ロイは私の顔色を見て呟く。

「成績はトップだけど、常識的なレベルの優等生として振る舞っているし、ホーリオ魔法学園での経験が生きていると思うけど……時々、不安げな表情をするよね」

ロイの話を聞いて、ルートは落ち込んだ様子だ。

「そうだったのですか……全く気づけませんでした。私はまだ、未熟のようです」

「いや。ルートが気づかないのも無理はない。ロイも俺が言わなければ気づかなかったしな」

「……それに関しては、なにも言わないでおくよ」

ロイが悔しげに、自信満々な表情のレックス殿下を見ている。

できる限り不安を表に出さないよう意識していたのに、気づかれてしまうとは。

気になるのは、やはりカレンのことだった。

本当なら、彼女を中心に様々な出来事が起こっているはずだけど、今のところなにもない。

他の生徒に平民上がりだと蔑《さげす》まれた時、ゲーム通りならレックス殿下が怒るはずなのに無関心だったので、私がそれとなく誘導したほどだ。

レックス殿下が怒ったことで、カレンには女生徒の友達ができたけど……その子は数日も経つと、カレンとは関わらなくなっていた。

ゲームだとカレンは平民でも次第にみんなと打ち解けていったけど、そんなことが起こる兆しはない。

教室ではレックス殿下がいるから、表立ってカレンを蔑《さげす》む人はいないけど、カレンとはあまり関わらないようにしている生徒がほとんどだった。

それがあまりにゲームと違うから、私はとてつもなく不安になっていた。

けれど、そのことを正直に話すわけにはいかない。

「そうですね……午後に予定されている、合同授業が初めてだからでしょうか？」

私が咄嗟にそう話すと、レックス殿下は納得してくれた。

「なるほどな。二組との合同だから気後れする必要はないと思うが……成績は優秀なのに行動に問題があって二組になった奴もいるらしいからな」

「僕たちがいるから、なにか問題があれば助けるよ」

「私も、ロイ様と同意見です！」

「みんな……ありがとう」

感謝しながら、合同授業を受ける広い教室に向かう。

そういえば、初回の合同授業ではなにかしらのイベントが起きる気がしたけれど、どんなものだっただろう。

昼休みを終えて、私たちは実技教室にやってきた。

魔法を使ってもいいように広い教室は横に長く、中央に舞台がある。

ここで二組との合同授業があるのだけれど、この授業で行なわれるのは魔法による一対一の組手のようなものだ。

舞台上に呼ばれた二人の生徒が数秒間交互に魔法を使い、先生が評価する。

私は何度か二組の人と戦ったけれど、やはり一組と比べると実力に差があるようだ。

私の場合はどれだけ加減をするかが重要なのだけど、二組の生徒は私と組むのを怖がっているようだった。

「あの、どうして私に怯えるんですか？」

「ひぃっ!?」

あまりに怯えている様子だから、試しにペアの相手に聞いてみたらそんな反応が返ってきた。

私ってそんなに怖いのだろうかと若干落ち込んでいると、レックス殿下とルートが駆けつける。

「どうしたリリアン！　なにかあったか!?」

「リリアン様！　辛いことがおありでしたらなんでも仰ってください！」

「いや……君たちのそういう部分が、他の生徒たちを怯えさせるんだよ」

少し遅れてやってきたロイが呆れたような声を漏らした。

――私が公爵令嬢であることと、なにかあればすぐにレックス殿下が飛んでくることに怯えていたのね。

二組の生徒はホーリオ魔法学園で見たことがない生徒が多かったせいか、ロイが言うまで原因がわからなかった。

それから――中央の舞台で行なわれる生徒たちの魔法と先生の指導を見ていると、一人の男子生徒がやってくる。

その少年は、活発そうな短い青髪と鋭いつり目、そして八重歯が見える好戦的な雰囲気をしていた。

黒いマントを纏《まと》ったその美少年が近づいてくると、私の前にレックス殿下が立ちふさがる。

間に入ってくれて、ホッとした。

私に迫ってきた男子生徒は、レックス殿下を蔑《さげす》んだように見下ろす。

「リリアン様より弱い王子様がナイト気取りですかい？　……オレが用があるのはリリアン様だ」

この人は誰だろう？

声は聞いたことがあるし、どこかで見たこともある気がするけど、誰なのか思い出せない。

私が記憶を辿る中、レックス殿下は苛立った様子で少年を睨《にら》む。

「なんだと……貴様、何者だ。二組の生徒だな？」

「ああ。オレはダドリック・ディノス。ちょいと問題を起こして二組になっちまったが、成績トップのリリアン様より強いぜ」

家名を聞く限り貴族のようだが、ホーリオ魔法学園にはいなかった。言葉通り問題を起こしたせいなのだろう。

クラス分けは入学試験の成績順だけど、成績とは関係のないところで一組に入れなかったのなら、私より強い可能性はある。

ここまで話を聞いてダドリックが何者か思い出そうとしていると、レックス殿下が先に思い出したようだ。

「確かに問題児だな。ディノス伯爵もさぞかし困っているだろう」

「実力で結果を出すのがオレの主義なんだよ……このあとは自由時間だ。その時にリリアン様、オレと決闘してくれませんかねぇ？」

「えっ？」

私が唖然としていると、レックス殿下がダドリックを睨《にら》みつける。

今の発言でようやく思い出した……ダドリックは、確か攻略キャラの最後の一人だ。

そのあと、広い教室の中央にある舞台で、私はダドリックと対峙していた。

ダドリックが先生に、二組のトップとして一組のトップとで決闘をしてみたい、と提案したのだ。

先生は私にこの決闘を受けるか聞いた。

これはゲームでもあったイベントだけど、本来決闘するのは私ではなくカレンだったはずだ。

なのに、成績で一番を取った私が決闘相手に選ばれてしまった。

ゲームの決闘シーンでは、どう頑張っても勝つことはできない。カレンが自分にも魔法で勝てない相手がいるのだと、挫折を覚える場面だ。

そしてその場面では、カレンは平民なのでダドリックとの決闘を断れないのだが、私なら断れる。

それでも受けたのは、なるべくゲーム通りに進めたかったからだ。

起きている内容が同じでも、登場人物が違う時点で全く別物だけど……

そんなことを考えていると、距離を空けて対面しているダドリックが、私を睨《にら》みつけた。

「この学園は力が全てだ。オレの力を見せつけてやるよ!!」

杖を取り出したダドリックが叫ぶ。

ゲーム通りの台詞に感激していると、レックス殿下が呆れたように言う。

「ふん。お前如きがリリアンに勝てるわけないだろ」

レックス殿下もゲームと同じような発言をしている。するとやっぱりカレンと私の立場が入れ替わっているのだろうか。

「勝てるかどうかはこの戦いでハッキリする。先生、さっさと合図を出せ」

そう言われた先生が無表情のまま合図を出すと、即座にダドリックが動く。

ダドリックは杖から稲妻の魔法を飛ばす。

――これは、どう見ても本気ね。

頭上、斜め、横――まるで巨大な手のように五方向から稲妻が迫るも、私に届く前に弾け飛ぶ。

稲妻には稲妻――同じ属性の魔法をぶつけることで、相殺できるのだ。

私が稲妻を掻き消すと、周囲から歓声があがった。

強力な魔法の応酬に興奮している様子で、先生が彼らを落ち着かせようと慌てる声が聞こえる。

確か……ゲームだとこの攻撃にうまく対処できるかどうかでダドリックが攻略できるかが決まるはず。

カレンはこの決闘に勝つことこそできないものの、引き分けに持ち込むとダドリックに気に入られ、迫られるようになるのだ。

ダドリックは確かに強いが、今の私にとって勝てない相手ではない。

私が稲妻を消滅させたことに、ダドリックは驚く。

「なにっ⁉　オレの全力の稲妻をこうもあっさりと……侮《あなど》っていたことは謝罪しようではないか！」

ダドリックの余裕な態度を見て、レックス殿下は少し焦っているようだ。

「た、確かに力はあるようだが、リリアンを舐めすぎたな」

問題はここからで、私は負ける気はないけど、引き分けて好意を持たれるのは面倒だ。

それなら――叩きのめすしかない。

ダドリックを倒すとどうなるのかわからないが、引き分けると迫ってくるのなら、力の差を見せつけて近寄らないようにしよう。

そう考えた私は――杖を突き出して、暴風を発生させる。

「――ぐっっ⁉」

ダドリックは、同じ風の魔法で打ち消そうする。

それができる時点で間違いなくレックス殿下やロイ、カレンよりも凄腕の魔法士だ。

だが、私としてはこれ以上彼とは関わりたくない。

魔力をさらに、杖の先端から放たれている風に送り込む。

それによって強化された私の暴風は、ダドリックが繰り出した暴風を押し返し、直撃した。

吹き飛んだダドリックは壁に叩きつけられて、決闘は終わりを迎えた。

審判を務めてくれた先生が「そこまで！」と叫ぶのと同時に、レックス殿下が駆けよってくる。

「やはりリリアンはすごいな！　しかし、リリアンの攻撃を受けても吹き飛ぶだけで済むとは……」

――レックス殿下はダドリックの実力に焦っているみたいね。

舞台から落ちたダドリックは、理解できないと言わんばかりの表情を浮かべていた。

私としてはもう関わりたくないのだけど、ダドリックは射殺しそうな目でこちらを凝視《ぎょうし》している。

どうやら勝っても結局、まとわりつかれるのは同じなようだ。

決闘の翌日。ダドリックは、休み時間のたびに私たちの教室にやってきていた。

これは確か決闘イベントのあと、ダドリックを攻略しようとすると発生するイベントだったような気がする。

――ダドリックをあまり好きになれなかったから、攻略を途中でやめてしまったのよね。

だからこれからダドリックがなにをしでかすか全くわからないし、関わりたくもないけど……

ダドリックの強さの理由は他大陸の魔法を学んでいることにあるようで、私が知らない魔法についても詳しく知っていた。

それなら、魔法の情報は得ておきたい。

それに対して苛立ちを覚えているのは、当然レックス殿下だ。

「ダドリックよ。貴様に実力があり魔法の知識もが豊富であることは理解したが、リリアンは俺の婚約者だ」

「オレのほうが王子様より強いのは事実だ。昨日の決闘で負かしてやったもんな」

「ぐっ……」

昨日、私との決闘のあと、ダドリックは案の定私に声をかけてきて、今度はレックス殿下がダドリックに決闘を申し込んだのだ。

途中までは互角の戦いをだったものの、結局レックス殿下は負けてしまった。

……どうやら、ダドリックに負けたのはかなりショックだったらしい。

そんな二人を眺《なが》めていたロイがとりなすように声をかける。

「まあまあ。リリアンさんはダドリック君のことをなんとも思っていないみたいだし」

「ロイ様はかなり怒っているようですね」

微笑みながらも目は笑っていないロイと、そんなロイを冷静に見守るルートも私の席にやってくる。

攻略キャラに囲まれた私を、カレンが一瞥して教室から出ていく。

このカレンは知らないとしても、本来この四人とはカレンが仲良くなるはずなのだ。

そう罪悪感を覚えているとダドリックが私の視線の先に気づく。

「なんだ？　リリアンはあのカレンとかいう女が気になるのか？」

魔法について話すうちに、ダドリックは私を呼び捨てるようになっていた。

私は構わないのだけど、レックス殿下は気になるらしい。

「お前の声が大きくてカレンも迷惑なのだろう。早く自分の教室に帰ったらどうだ？」

レックス殿下が不満げに言い放つ。

そんなレックス殿下を見て、ダドリックは鼻で笑った。

「ははっ。カレンがオレを避けてるのはリリアンとオレのすごさにビビったからだろ？　平民の時は最強だったのかもしれねぇが、所詮は井の中の蛙《かわず》だったってことだ」

「その発言……まるで貴様は、リリアンと同格でいるつもりのようだな」

「ああ。オレは一年で最も優秀なリリアンでも知らない魔法を知っているからな。唯一対等な存在と言えるんじゃないですかぁ？」

「ぐっっ……」

相手が王子だからか、時々ダドリックは敬語を使うけど、明らかに見下しているとしか思えない。

それがレックス殿下をさらに苛立たせて、二人の仲は険悪だ。

この二人の仲が悪いのは、ゲームでもそうだったけれど、カレンがこんな状態になっているのはどう考えてもおかしい。

今は、本来ならカレンがいるべきだった立場に、悪役令嬢であるはずの私が成り代わっている。

私のせいでカレンが孤立しているなら、それはなんとかしたかった。


休日になって――レックス殿下の部屋に来ていた私とロイは、いつものように椅子に座ってくつろいでいた。しかしレックス殿下は苦虫を噛みつぶしたように眉根を寄せている。

「なんだあのダドリックという奴は……実力があるのは確かだがリリアンに馴れ馴れしすぎる。俺が婚約者なのに……」

そんなレックス殿下に対して、ロイは楽しそうだ。

「レックス君が苛立つのもわかるよ。なんらかの理由で婚約が破棄されるのを待っている僕と違って、ダドリック君は直接リリアンさんを奪おうとしているもんね」

「お前、今とんでもないことを言わなかったか？」

「冗談だよ」

「本当か……？」

私とレックス殿下の婚約破棄を待っている、などと言ってのけたロイは、微笑みを浮かべたまま矛先をかわす。

「それより今は、ダドリック君をどうにかすることを考えたほうがいいんじゃないかい？」

「どうにかすると言っても、どうするというのだ？」

「そうだね……リリアンさんが知らない魔法を全て教わったら、用済みだから近づくなと命令する。

それでいいと思うよ」

ロイの提案はなかなか怖くて……流石《さすが》のレックス殿下も引いているようだ。

「いや、それは……流石《さすが》に酷くないか？」

「そうかな？　リリアンさんだって、ダドリック君と付き合う価値は別大陸の魔法知識にしかないと思っているんじゃない？」

どうやら私の反応で、ロイは私の本心を察したらしい。

レックス殿下が苛立っていると不安になるから、私は頷く。

「そうですね……私としても、ダドリックの態度は好きになれません」

ダドリックは自分が絶対だと考えるタイプの人で、誰にでも喧嘩を売る好戦的な性格だ。

それ以外はどちらかというとレックス殿下に近くて、ゲームだと好きになったらカレンのことばかり考えて行動していたような気がする。

私のこと以外なら冷静に動くレックス殿下と、常に本能のまま動くダドリックは結構違うと私は思うけど、レックス殿下が嫌うのはどこか似たところがあるからなのかもしれない。

「そ、そうか……それなら、リリアンはなにに悩んでいるんだ？」

「……えっ？」

「レックス君は、リリアンさんがダドリック君に惹かれているんじゃないかって心配だったみたいだよ。時々うわの空になっていたからね」

「ロイはそこまで気づくのか」

「付き合いが長いからね……ダドリック君をなんとも思っていないのなら、リリアンさんはなにに悩んでいるんだい？」

グリムラ魔法学園に入学してもう一ヶ月が経っているから、新生活が不安というのはもうおかしいだろう。

初めての合同授業も終え、ダドリックと決闘するというハプニングはあったけど、それも私が勝つことで問題なく日常を送れている。

レックス殿下とロイは、どうして私が不安になっているのか見当もつかないだろう。

この二人にカレンが孤立しているのをなんとかしたいと言ったら、ロイのことはわからないけど、レックス殿下の行動は予想できる。

きっと強引にカレンに迫って私と仲良くさせようとしてきたり、他の生徒に「友達になってやれ」と言ったりするだろう。

もし私がカレンの立場だったらそれこそ嫌な気分になりそうだから、二人に相談する気はない。

「他大陸の魔法のこととか、色々考え事をしていまして……これは私が解決したい問題なので、大丈夫です」

ダドリックから聞いた他大陸の魔法には興味があるのは本当だから、これで納得してほしい。

「そ、そうか……」

「それならいいんだけど、なにか悩み事があるのなら相談に乗るよ」

「俺もだ！」

二人がそう言ってくれるのは嬉しいけど、カレンのことをどうすればいいか、私はまだ悩んでいた。


あれから数日後――もうあと二週間で中間試験が始まる。

自分の席で考え事をしていると、レックス殿下がロイとルートを連れてやってきた。

「リリアンはやけにカレンを気にしているが、どうかしたのか？」

「えっ⁉　そ、そうですね……やっぱり、あそこまでの力を持っていて、周囲に認められていないのは気になります」

授業の発表を見ていても、カレンは優秀な生徒だ。

それなのにみんなは、私にばかり注目する。

まるで平民が優秀なのを認めたくないかのように、クラスのみんなはカレンを避けていた。

「入学試験で一番を取ったのがカレンさんだったら、クラスの方々もカレンさんを認められたのかもしれません。私の魔法が強すぎたばかりにこんなことになったのではと思うと、申し訳ないのです」

私の発言を聞いて、ルートが納得した様子で頷く。

「確かに、リリアン様ではなくカレンさんが一位なら、もっと話題になったとしてもおかしくありませんね」

「強すぎて申し訳ないって、本当に尋常じゃないほど強いリリアンさんだからこその発言だよね」

ロイは厳しい発言をするけど、私は言い返せない。

するとレックス殿下が代わりに言ってくれた。

「それは仕方ないのではないか？　成績を計る魔法学園は競争社会だ。リリアンがカレンより強いのは事実だ」

「……えっと」

レックス殿下がフォローしてくれたものの、私がカレンを蹴落としてしまったという思いが拭えない。

思い悩んでいると、そんな私をレックス殿下が悲しげに見つめる。

「……そこまで気になるのなら、俺がカレンを二組に移動させるよう学園に掛け合おう。二組も一応特待生クラスだからな」

「いっいえ！　そこまでしなくても……私が気にしすぎているだけですから！」

カレンが二組に移動したら、それこそゲームとは全然違うことになってしまう。

だけどこのままではカレンは孤立したままになってしまう。それはどうにかしたい。

カレンは私が一位の座を奪ってしまったせいで平民だと蔑《さげす》まれ、他の生徒たちに避けられている。

それなら……強引かもしれないけど、私がカレンと友人になるのはどうだろうか。

カレンが孤立しているのは私のせいだし、なにより私自身が、あんなに元気のないカレンを見たくない。

あまり気にしているとレックス殿下がなにを言い出すかわからないいし、私はチャンスを待って、カレンと友人になろうと決意した。

中間試験が始まるまで、あと一週間を切っていた。

再び合同授業が始まって、ダドリックが私のもとにやってくる。

「この学園は中間試験の結果が順位として出るようだが……この調子でいくとリリアンが一位、オレが二位になりそうだな」

「そうかもしれませんね」

「お似合いのカップルだと思わないか？」

相変わらず押しが強い。そんなダドリックの前に苛立ちを露わにしたレックス殿下が立ちはだかる。

「思わないな。それに、俺がお前よりも優秀な成績をとるから、リリアンに相応《ふさわ》しいのは俺だ」

合同授業中ダドリックが私に話しかけてきて、レックス殿下が間に入る……というのはいつものことと化していたから、もう周囲は誰も気にしていない。

レックス殿下を馬鹿にするように、ダドリックは呆れたような表情を向ける。

「ロイやカレンならともかく、ちょっと身体能力が高いだけの王子様がオレを超えることはありえませんねぇ」

確かにダドリックのほうが魔法の扱いには長けているけど、レックス殿下との差はそこまであるわけではない。

それなのに……ダドリックはレックス殿下には負けないと確信しているようだ。

ただ煽りたいだけなのかもしれないけど、レックス殿下は笑っている。

「そこまで言っておいて、俺より成績が下だったら惨めだろうな」

あれっ？

なんだかレックス殿下らしくないと思っていると、いつの間にか私の隣にいたロイが耳元で囁く。

「レックス君とダドリック君は似ているからね。自分が言われて苛立つことを言えばいいって教えたんだ」

これに関しては、余計なことを吹き込んでいるとしか思えない。

レックス殿下は明らかに余裕があってダドリックが苛々しはじめた時、合同授業は一旦休憩となった。

この時間なら、先日のように決闘が許される。

どうやらレックス殿下は、ダドリックと決闘したいようね。

「ダドリックよ、この場で俺と戦うか？　それとも逃げるか……どうする？」

「いいぜ……やってやるよ王子様！」

レックス殿下の挑発に乗ったダドリックが二つ返事で受けて、二人の決闘が始まろうとしていた。

私はロイとルートと共に成り行きを見守っているけれど、レックス殿下には勝算があるのだろうか？

ダドリックの実力はわかっている。レックス殿下が勝てるとは思えないのに、あの余裕はなんなのだろう。

「ロイ様、どうしてレックス殿下はあそこまで自信があるかご存じですか？」

なにか知っていそうなロイに尋《たず》ねてみると、答えたのはルートだった。

「とてつもない修業をしたからです」

「えっ？」

「ルート君の言う通り……ちょっと正気か疑うほどの鍛錬をしていたからね。ネーゼさんに再び教えを乞いに行って、少なくともこの決闘場での戦いなら、レックス君が間違いなく勝つよ」

私も人のことは言えないけど、レックス殿下は相当負けず嫌いだったようだ。

しばらく会っていないネーゼとは私も会いたかったけど、私に隠れて色々教わったということは、驚かせたかったのかもしれない。

そして決闘が始まり——ダドリックが放った稲妻を、レックス殿下は剣で払い飛ばす。その魔力を逆に利用しながら、杖で魔法攻撃を繰り出している。

「あの剣は雷の魔力を吸収しやすい……武器は杖限定だけど、防具として剣を使うのは決闘のルールでアリだからね」

そうロイが私に説明し終える頃には、レックス殿下がダドリックを追い詰めていた。

レックス殿下の成長は完全に予想外だったみたいで、ダドリックは信じられないという顔だ。

殿下の杖から飛び出した無属性の魔法による衝撃波が、無防備なダドリックを直撃して吹き飛ばす。ダドリックはそのまま舞台から落ちて起き上がれなくなっているようだ。

まさかレックス殿下がダドリックに勝つだなんて……ゲームでは常にダドリックに一歩先を行かれていたのに、私は驚くばかりだった。

どうやらそれはダドリックも同じだったようで、なんとか起き上がったダドリックはしばらく呆然としていたかと思うと、レックス殿下を睨《にら》みつけた。

「ば、馬鹿な……リリアンはともかく、なんでこのオレが、こんな王子様如きにぃっ……」

レックス殿下はことさら冷静な声で告げる。

「お前はリリアンに相応《ふさわ》しくなかった……それだけだ」

「このっ……覚えてろよ！」

ダドリックは捨て台詞を吐くと、授業はまだ終わっていないというのに先生たちの制止を振り切って教室を出ていった。

レックス殿下が再びダドリックと決闘したのも、ダドリックが負けたのも、私にとっては信じられない。

これでは全然ゲームと違う……少し離れた場所でカレンも目を見開いているあたり、レックス殿下が勝つとは思わなかったのだろう。

「もう、なにが起こってもおかしくないわね……」

レックス殿下がダドリックを倒したことで、日常にも変化が起ころうとしていた。

レックス殿下がダドリックを倒した翌日から、ダドリックは教室に来なくなった。

あの決闘での敗北がとてつもなくショックだったのは間違いない。

休み時間の教室で、レックス殿下は満面の笑みを浮かべていた。

ダドリックを倒した昨日から今まで、レックス殿下は常に上機嫌だ。

「ダドリックはだいぶ悔しそうだったからな。きっと今頃、中間試験では負けまいと必死になっているのだろう」

レックス殿下はそう言ったのち、笑顔を真剣な表情に切り替えて教科書に目を落とし、ノートにメモをする。

次も負けたくないからか、レックス殿下は必死だ。

そんなレックス殿下を眺《なが》めていると、ロイとルートがやってくる。

「あの二人、いいライバル関係になれるんじゃないかな」

「ロイ様はよろしいのですか？」

「僕には回復魔法で人々を治す夢があるからね。全部の魔法の知識を得るより、僕は回復魔法に集中したいんだ」

勉強は無駄にはならないと思うけど、最初から夢が決まっているのなら割り切るのも必要だろう。

私は冒険者になりたいという思いと、ただ楽しかったからとにかく魔法を覚えたけど……今の状況を思うと必ずしも冒険者にならなくてもいいかもしれない。

それでも、魔法を覚えて扱うだけで私は幸せだ。学ぶことに損は一つもない。

中間試験が来週に迫る中、昼から校外授業としてダンジョン探索をすることになっていた。

これは中間試験に備えた予行演習のようなものらしい。

中間試験は教室での筆記試験と、実技試験だ。実技試験は前半・後半に分かれ、試験会場となるコロシアムのような場所で先生に魔法を披露する前半と、ダンジョンで魔鉱石を探す後半がある。

この実技試験の練習として、実戦で魔法を学ぶのだ。

ダンジョンに潜るのは四人一組か五人一組かという決まりがある。

昼前の授業は自習となり、この時間で班を決めて報告してほしいと先生が告げた。

隣の席で、レックス殿下が私を見る。

「四人か五人で一組なら……前のように俺、リリアン、ロイ、ルートでいいだろう」

なんだか決まりそうな気がしたから、私は待ったをかける。

「ちょっと待ってください」

四人一組か五人一組なら、もう一人いれたっていいはずだ。

レックス殿下とルートは困惑しているけど、ロイは察してくれたのか私の目を見ながら尋《たず》ねる。

「リリアンさんは誰か誘いたいんだね……でも、この中に入りたい人はいるかな？」

「そ、それは……」

カレンを誘うつもりだったけど、断られてしまうかもしれない。

思い悩んでいると――前の席に座っていたカレンが振り向いた。

「あの、もしよろしければ……リリアン様のパーティに入れていただけませんか？」

カレンは私の前にいるロイとルート、隣の席で勉学に精を出すレックス殿下を一人一人見て、おずおずと頼んできた。

レックス殿下が首を傾げる。

「お前は今までリリアンを避けていただろう。どういうつもりだ？」

「えっと、このパーティが一番いい成績をとれそうで、このままだと私は余りそうだからです」

レックス殿下に怯えながらも、カレンははっきりと理由を述べる。その言葉に、ロイは納得した様子だ。

「正直だね。リリアンさん、どうする？」

——わざわざ私に尋《たず》ねたのは、私が頷けばみんな頷くと考えているからでしょうね。

確かに、成績順の一位、三位、四位が揃《そろ》った私たちが一番高評価になるのは間違いない。

そしてカレンが孤立しているのも事実だ。

私としては、自分から誘おうとしていた矢先のことだったので、断る理由がない。

「私は構いません。カレンさん。これからよろしくお願いします」

「は、はいっ！」

これはチャンスでもある。

この機会にカレンと友人になりたいと考えながら私は手を差し出し、カレンと握手をしたけれど……ゲームからは考えられない光景だ。

「レックス殿下、ロイ様、ルート様もよろしいですね？」

「リリアンが言うのなら、俺は構わないぞ」

「僕も同意見だよ。僕より優秀なカレンさんなら、問題ないしね」

「はい。カレンさん。これからよろしくお願いいたします！」

私がカレンを受け入れたことで、みんなも納得してくれた。

そんな中、カレンは私をじっと見つめながら尋《たず》ねる。

「やっぱり、リリアン様がこのグループのリーダーなのですね」

私は首を傾げる。

「えっと、誰がリーダーということはありませんよ」

それを聞いたカレンがレックス殿下のほうに目を向けると、その視線の意図を察したのかロイが話し始める。

「立場的にはレックス君が一番偉いけど、リリアンさんが一番発言力があるのは間違いないかな。リーダーはいないけど、実際はリリアンさんがリーダーみたいなものさ」

「リーダーというのなら、私はリリアン様の婚約者であるレックス殿下かと思っていましたが……」

ルートがレックス殿下を見ながらそう言うと、レックス殿下はカレンを見る。

「カレンよ。俺たちは誰がリーダーと決めていない。俺たちが皆、リリアンの意見を尊重したいと思っているだけだ」

「……そうなのですか。入学した時から仲がよさそうでしたので、昔からのお友達なのですね」

カレンはきっと興味本位で尋《たず》ねただけなのだろう。

そのはずなのに、どうも私たちの過去を探っているように思えてならなかった。

もしかしたら――カレンはこの三人のうち誰かが、好きなのかもしれない。

ゲームに攻略キャラが四人いるということは、カレンにとって好きになれる相手が四人いるということだもの。

今のカレンが誰を好きなのかはわからない。ダドリックとの接点は私のせいでほとんどないだろうし、カレンが好きになるとすればレックス殿下、ロイ、ルートの誰かだと思う。

ゲームの主人公であるカレンが誰を好きになるのかは、カレンを操作するプレイヤーが決めるので、カレン自身の感情は私にはわからない。

そう思案している最中にも、カレンはみんなと楽しそうに会話をして、私も相づちを打っていた。

カレンがどうしてロイは回復魔法を学んでいるのかを尋《たず》ねると、ロイは微笑みながら答える。

「僕が回復魔法を学んでいるのは、昔病気だったからで……カレンさんはやけに質問してくるね」

「も、申し訳ありません……つい気になってしまいました。あの、ご病気だったことがきっかけで回復魔法を学んでいるということは、誰かがロイ様を回復魔法で治してくれたということなのでしょうか？」

カレンの質問に、私は内心焦る。

――私が回復魔法でロイを治したことは、秘密にしておきたいのに……どうしよう。

そう考えていると……レックス殿下が目配せをしてきたから、私は頷く。

「ロイ様が言いづらいのであれば、無理に答えていただくわけには参りませんね」

「いや。他大陸から来た凄腕の魔法士に偶然出会ったというだけで、隠すようなことはなにもないだろう」

そうレックス殿下が言うけど、これでごまかせただろうか？

確かロイの病気が治ったのは偶然ということにしたはずだから、今の発言はあとで困ることになるかもしれない。

ロイも少し冷や汗を浮かべているけど、相手は平民のカレンだからこれ以上の追及はないと思いたい。

「そうだったのですね。……リリアン様は回復魔法の知識も私以上にありますけど、実は回復魔法を使うことができたりするのですか？」

そう尋《たず》ねているのは好奇心からだと思うけれど、やはりなんだか探られているような気もしてくる。

「……いいえ。回復魔法は私でも扱うことができません」

一応否定してみたものの、それで納得させられたのかはわからない。

考えすぎかもしれないけれど、カレンがここまで初対面の人に対して質問するのは、ゲームでのキャラクターと違う気がしていた。

考えているうちに昼休みが終わり、私たち五人はダンジョンに向かった。

グリムラ魔法学園では、ダンジョン探索の校外授業は初めてだ。

ホーリオ学園と違う点は引率する先生がいないという点にあり、危険度は増している。

学園から少し離れた場所にあるダンジョンは、この世界でもかなり難易度が高いらしい。

この授業でのダンジョン探索は、先生があらかじめ数箇所に仕掛けた魔鉱石を手に入れて戻ってくれば達成となる。

安全のため、学生が潜れるのは地下三階までで、モンスターもある程度は先生たちが退治しておいてくれているから数は少ない。

とはいえ、そんなダンジョンは私たちにとってもはや脅威ではないから、今は問題なく魔鉱石を採って戻っている最中だった。

魔力によるものか、ダンジョン内は薄暗いながらも灯りはある。多くの通路と部屋がある、広い迷路のようなダンジョンを歩きながら、私はてのひらぐらいの大きさの輝く結晶——魔鉱石を眺《なが》めていた。

あとはダンジョンから出るだけで、私たちはモンスターの群れと戦いながら出口を目指していた。

一メートルぐらいしか背丈がない紫色の小鬼、インプが群れで突撃してきて、私はさらりと受け流す。

正面から体当たりを受ければ吹き飛ばされるらしいけど、動きが単調だから難なく避けられる。

レックス殿下とルートが前衛を務め、私、カレン、ルートが後衛で援護していたけど、カレンの実力はレックス殿下と変わらないはずなのに、ダンジョンの中に入るとかなり怯えている様子だった。

ロイとルートは、ホーリオ魔法学園でのダンジョン体験のおかげか、緊張しながらもだいぶ動けている。

確かに薄暗い空間で、頼りになる先生もいないとなれば恐怖で動けなくなる生徒は多い。

それでも……確かゲームの設定だと、カレンは入学前、生活のためにダンジョンに潜ったことがあって、ダンジョンには慣れているはず。

いや、本当に怯えている可能性もあるので、私は尋《たず》ねてみる。

怯えた演技をすることで、好きな相手に意識してもらいたいと思っているのだろうか？

「カレンさん、大丈夫ですか？」

「は、はいっ！　……あの、リリアン様、私のことはカレンと呼んでください」

話しかけたことで落ち着いたらしいカレンの援護もあり、私たちはインプの群れを倒すことに成功した。

それ以降は戦いも起きず、ダンジョンから出て、問題なく授業が終わる。

「私たちは前にもダンジョン探索の経験があって慣れていましたが、カレンは初めてですか？」

ダンジョンから出て安堵しているカレンに質問すると、カレンは戸惑ったように頷く。

「えっと……何度か潜ったことはあるのですが、授業となると緊張してしまいまして……リリアン様、皆様、今日はありがとうございました」

緊張したのは好きな異性がいたからなのではないか、などと勘繰ってしまうけれど、追及するのはやめておこう。

頭を下げてお礼を言うカレンを見て、レックス殿下が何度も頷く。

「カレンの魔法の腕は流石《さすが》だが、ダドリックのほうが上だな……奴が二位にならない為にも、俺が二位になるしかあるまい！」

「レックス君は負けず嫌いだね。順位がどうなるか楽しみだよ」

インプとの戦いで、カレンは緊張しながらも最終的には魔法を使って戦えていた。レックス殿下とロイは、その戦いぶりを見て刺激を受けたようだ。

そんな中、レックス殿下たちには聞こえないぐらいの小声で、カレンが呟く。

「……リリアン様は、これから始まる中間試験をどう思いますか？」

「えっ？　どうって？」

「いえ、なんだか嫌な予感がしまして……私の予感は結構当たるので、気になってしまいます」

これは確か、ゲームにあった台詞だ。

ゲームでは独り言として言っていたものだった気がするけど、もしかしたら私が関わったことで心を開いてくれたのかもしれない。

「もしなにかあったとしても、私がなんとかいたします」

「……そうですか。ただの予感に過ぎませんが、そう言っていただけると嬉しいです」

カレンの台詞で、ゲームでの出来事を思い出す。

記憶が確かなら、ここからカレンに嫉妬していた悪役令嬢リリアンが、カレンを貶《おとし》めようと本格的に動き始める。

中間試験は、悪役令嬢リリアンにとって絶好の機会だったのかもしれない。

試験の途中でハプニングが起こって、カレンとレックスやルートが解決のために尽力する。それをきっかけにカレンがレックスとさらに仲良くなるというイベントで……その時、試験会場でなにが起きるのだったか。

中間試験は四日間。事件が起きるのは三日目の実技の試験だ。一組と二組が同じ試験会場で実戦形式の魔法を披露するのだけど……そこに魔獣が現れて、派手に暴れ始める。

モンスターを捕獲して手懐けたものを魔獣と呼ぶそうで、魔法学園には何体かいるらしい。

本来は学園の警備をしているはずの魔獣が暴走して、試験会場をめちゃくちゃにするのだ。

そしてカレンを守ろうとレックスが前に出るのだが、魔獣の姿を見てかつてクロータイガーに傷を負わされたトラウマが蘇《よみがえ》り、怯えてしまうんだっけ。

動けなくなったレックスをルートが助けて、カレンはレックスを気にかけるようになるはず。

このイベントをきっかけに、レックスが幼い頃クロータイガーに襲われた過去が明らかになるんだけど、その傷痕もトラウマも、今のレックス殿下にはない。

そこまで考えて——私はようやく、このイベントがどうなるのか不安になってくる。

そもそもゲームの中では魔獣を試験会場に連れ出したのはリリアンだ。だけど私はそんなことをする気はもちろんない。

この世界は基本的にゲームの設定通りに動いているけれど、私が干渉すれば違うことが起きる。

こうなると……中間試験では一体、なにが起こるのだろう。

その後――なにも対策が浮かばないまま、中間試験の日がやってきた。

ゲームでは悪役令嬢リリアンが色々と手を回し、試験会場を魔獣で滅茶苦茶にした。

私はそんなことをしようとは思わないけれど、警戒は怠《おこた》らないほうがいい。

ダドリックの時のカレンと私のように、ゲームとこの世界で役割が換わっている、ということはあるかもしれない。

私がしなくとも、別の人が魔獣を試験会場に連れてくることは、十分考えられるのだ。

「リリアン、近頃あまり元気がないが、大丈夫か？」

教室でレックス殿下が復習をしながら話しかけてくれる。

レックス殿下はあれから毎日心配してくれるけど、事情を説明することはできなかった。

「だ、大丈夫です……この学園にきて初めての中間試験なので、少し緊張してしまいました」

「リリアンさんほどすごい人が、なにを緊張することがあるのかわからないけどね……」

ロイは私を心配しながらも疑っているから、納得するような理由を提示しておこう。

私はロイを凝視《ぎょうし》する。

そうしてレックス殿下、ルートもロイを見渡してから、間を溜めた私は返答する。

「それです」

「えっ？」

「私は常に一位にならないといけないというプレッシャーがあります……なにか一つでもミスをすれば、今までの積み重ねが台無しになってしまうでしょう」

「えっと、リリアンさんって目立たないように加減しているんじゃなかったっけ？」

そういえばそうだったっけ。

目の前の問題を解決しようとしたら、整合性をとることができなくなってしまったようだ。

そこはさりげなくレックス殿下に目配せをすることで、困っていますと伝える。

「ロイよ。リリアンは一位でいるというプレッシャーがあるのだろう。察してやるべきだ」

「なるほど。私は納得致しました！」

ルートがレックス殿下に賛同したことで、ロイがたじろぐ。

「えぇっ……僕は間違ったことは言ってないと思うけど、君たちがそれでいいのならいいよ」

ロイはまだ疑っているけど、真実を言ったところで理解できないだろう。

そう考えていると教室の扉が開き――久しぶりにダドリックが一組の教室にやってきた。

今のダドリックは、私よりもレックス殿下を意識しているようだ。

「この前の合同授業以来だなリリアン。そして王子様」

「ダドリックよ。俺が二位となり、リリアンに相応《ふさわ》しいことを証明してやろう」

「この前のことが悔しくてオレも猛勉強したからな……勝つのはオレだ」

なんだか私が一位なのは間違いなくて、二位になれば私と付き合えるみたいになっていないだろうか。

困惑していると、ロイが私に耳打ちする。

「負けたほうがリリアンさんを諦めるみたいな盛り上がりっぷりだね。ダドリック君が勝ったらどうする？」

それよりも、試験が最後まで行われるかのほうが気になる。

それでも、レックス殿下が負けたらどうしようと、ロイの発言に不安を覚えていた。


中間試験が始まり、既に筆記試験は終わった。

私にとっては簡単な問題ばかりで、間違いなく全問正解だ。

――ここまでは特に何事もなかったから、あとは明日の実技試験でなにが起こるかだけれど……

そんなことを思案していると、ロイが話しかけてくる。

「リリアンさん。なんだか思いつめた顔をしているけど、もしかしてなにかわからない問題でもあったのかい？」

「いいえ。間違いなく全問正解しています」

「そ、そっか……それでもその表情ってことは、レックス君のことを気にしているとか？」

どうやら私は相当酷い顔をしていたようだ。

自分では気づかなかった。なんとか冷静になって返答する。

「いいえ。それは関係ないと思います」

そう言いながらも、実際はどうなのだろう。

もしレックス殿下がダドリックに試験で負けたら、私に相応《ふさわ》しくないとレックス殿下が離れてしまうかもしれない。

それは嫌だ……でもそれが、ずっと一緒にいたからなのか、さらにゲームと違ってしまうからなのか、今の私にはわからなかった。

「そっか。僕も筆記試験は大丈夫だと思うけど、結果が出るのは来週だからね」

私とロイが試験について話をしていると、レックス殿下が席から立ち上がる。

「リリアン、ロイ、ルートよ。俺は先に帰る。明日以降に備えねばならないからな」

そう言ってレックス殿下が教室を出ていく。どうやら本気のようだ。

それから私たちは、馬車の停車場へ向かった。

ルートは、ロイと試験の話をするみたいで、二人一緒に帰っていく。

――どうやら、私の馬車はまだ到着していないようだけど……なにか事故でもあったのかしら？

首を傾げていると、背後から声をかけられた。

「――リリアン様。少し、よろしいでしょうか？」

話しかけてきたのは……ダンジョン探索以降、全く会話をしていなかったカレンだった。

カレンはいつも徒歩で帰っているから、この場所には用はないはず。

「カレン……どうしてここに？」

明日の試験で事件が起こるかもしれない――そう考えていただけに、嫌な予感がする。

世間話をしたいわけでもなさそうだ。なんの用かと訝《いぶか》しんでいると、カレンが微笑んだ。

「帰ろうとしたらリリアン様の姿が見えましたから、あの……無理は承知の上なのですが、言わずに後悔したくなくて。一つ、伺ってもよろしいでしょうか？」

「えっと……なんでしょうか？」

私は嫌な予感がした。

「今、先生たちの研究用に新たな魔獣が来ているそうなのです」

魔獣。ということは、やはり明日起こるかもしれない出来事と関係があるのだろうか。私はカレンの発言を最後まで聞くことにした。

「その、興味があって見に行きたいと思うのですが……よろしければリリアン様もご一緒しませんか？」

「……魔獣って、学園の警護に使われている生き物ですよね？」

私が尋《たず》ねると、カレンはいかにも興味津々といった表情で頷いた。

「はい。でもその新しくやってきたという魔獣は、この学園に前からいるものより遥かに強く珍しいものみたいで……」

カレンはその魔獣を見たくて、私の権力で見られないか、ということだろう。

ゲームのイベントを知っている私からすると、カレンが私を陥《おとしい》れようとしているようにも思える。

我ながら考えすぎたと思う。

私の馬車が来ないことに、カレンが関与しているはずがない。ただ偶然が重なっただけだ。

ダンジョンで仲良くなったこともあるし、カレンには私以外交流のある相手はいないだろうから、こういうことを頼まれるのは不自然ではないけれど……それでも、警戒しておくに越したことはない。

「あの、カレンはどうして、そんな珍しい魔獣がこの学園に来ているのを知っているのですか？」

「偶然見かけました。大きくて可愛かったので、もう一度見たくなったんです」

確かにゲームに出てきた魔獣は可愛いと言えなくもない見た目だった。

その魔獣が実技の試験を無茶苦茶にして、その魔獣をけしかけた犯人が悪役令嬢リリアンだと発覚する。

それなら、今ここで私が魔獣と関わってしまうとゲーム通りになってしまう――ゲーム通りに犯人に仕立て上げられるんじゃないだろうか？

私はこれが本当に偶然なのか信じられず、カレンの目をじっと見る。

「カレン。魔獣は凶暴な生き物です……怖いので、私は行きたくありません」

「リリアン様ほどの方に、怖いものがあるのですか？」

カレンが首を傾げる。私がダンジョンでモンスターを倒しまくっていたのを見ていたから信じられないのだろう。

とにかく私は、魔獣との接触を避けたい。

ちょっと無理矢理な理由になるけど、カレンが相手なら大丈夫のはず。

「本に載っているモンスターならともかく、未知の存在は脅威ですから……申し訳ありませんが、私は行けそうにありません」

私が臆病だということにしておけば、カレンは強引なことはできまい。

予想通り、カレンは残念そうな顔で頭を下げる。

「そうですか……私のほうこそ、失礼なことを言ってしまいました。申し訳ありません」

ゲームで主役だったカレンに謝られると罪悪感がすごい。ようやく馬車が到着したから、それを理由にこの場を離れよう。

「気になさらないでください。馬車も来ましたし、私は失礼いたしますね」

「はいっ！　お互い、これからの試験を頑張りましょう！」

どうやらカレンは気にしていない様子で、私は安堵した。


そうして——中間試験三日目。今日は、ついに問題の実技試験だ。

私たちは試験会場であるコロシアムのような大きな建物にやってきた。

学園内の施設で、試験の時しか入れない場所だ。

試験はもう始まっていて……試験会場の中央に生徒たちが集まり、先生に魔法を披露していた。

それを眺《なが》めていると、二組のダドリックがやってくる。

「この実技試験では一分間教師に魔法を見せるようだ。リリアンはどうするつもりだ？」

返答したのはレックス殿下だった。

「ふん。貴様は自分の成績でも心配していたらどうだ？」

二人とも自信があるみたいでお互いに火花を散らす中、私は別のことが心配になっていた。

「リリアンさん。なにか不安なことでもあるのかい？」

そばに来たロイが尋《たず》ねるので、私は首を左右に振る。

「大丈夫です。初の試験なので、緊張しているのかもしれません」

そう――私は緊張している。

このあと大きな事件が起こるかもしれない。その兆候は昨日あった。

あの不自然なカレンの接触は、明らかにゲーム通りにしようとする力だとしか思えない。

私が悪役令嬢として事を起こさなくても、誰かが代わりに試験をめちゃくちゃにする。

そんなことが本当に起こるのだろうかと疑問に思うけれど……

それでも、実際にどうなるのか不安だった。


不安を抱えながらも何事もなく試験は進んだ。

ダドリックのいる二組が終わり、次は私たち一組だと考えていた時――それは起こった。

一頭の獣が、とてつもない跳躍を見せながら会場の外から侵入してきたのだ。

見た目こそ可愛らしい馬のようで、白い身体に美しく透きとおった角が生えた神秘的な姿……ユニコーンだ。

試験中の生徒たちが目を奪われる中、先生たちが慌てた様子で声をあげた。

「どうしてあれが試験会場に!?」

「脱走したのか!?　あれは魔獣です！　生徒たちは決して近づかないように!!」

先生たちが必死の形相で指示を出す。

「……どう、して？」

あの魔獣の姿も、先生たちの発言もゲームと全く同じで——私はなにもしていないのに、事件は起きてしまった。

一体なにが起きているのかわからず、私はゲームで見た通りの光景に呆然とするしかなくて……魔獣が咆吼《ほうこう》と共に暴風を発生させる。

一組と二組……特待生たちが魔法でなんとか対処しているけど、私はなにもできないでいた。

避難する生徒と、被害を防ごうとする生徒をただ見ているだけだった。

その時——レックス殿下とロイ、ルートが現れた。殿下が剣で暴風を防ぎながら叫ぶ。

「リリアン！　大丈夫か！」

私が固まっているのを魔獣への恐怖によるものだと思ったのか、レックス殿下とルートがかばってくれる。

「あ、ありがとうございます」

「気にするな。それより、悩みは解決したのか？　元気になったようでなによりだ」

「えっ？」

レックス殿下の言葉で、私は自分が笑っていたことに気づいた。

こうなることを恐れていたはずなのに、実際ゲーム通りになったことを喜んでいるのだろうか？

「確かに……もしかして、リリアンさんはあの魔獣が現れることを知っていたのかい？」

「……あの魔獣の存在を知ったのは昨日ですが、こういったアクシデントが起きるのではないかとはずっと、思っていました」

私は今、目の前にゲーム通りの展開が繰り広げられていることに安堵していた。

私がゲーム通りに動いていないから、このイベントが起こったことは確かに予想外だ。

けれど、この出来事自体はゲーム通りのもの。であれば、ゲームより悪いことにはならない。

考えてみればそうだった。

そうだ……私は元々ゲームの通りになることは受け入れた上で、自由に生きると決めていたじゃないか。

それなら、これは私が覚悟していたことだ。

これまでの生活が楽しすぎたから、ゲームになかった幸せを高望みしてしまった。

いつかそれが終わる日がきたら、その時は気ままな冒険者になればいいとちゃんと準備をしてきた。

だから——今の状況は怖くない。

ゲームではカレンとルートの尽力で、怪我人は一切出なかった。

今の私なら間違いなくゲームのカレンより強いから、被害を出さずに済むはずだ。

「これ以上被害を出すわけにはいきません。三人はしばらくの間堪えてください！」

「ああ！」

「レックス君は上機嫌だね。ようやくリリアンさんの為に動けるからかな？」

「ロイ様、今は攻撃を防ぐことに集中しましょう」

そうルートが言って、ロイは「わかっているよ」と返答しながら魔獣の攻撃を受けとめる。

その間に私は魔力を溜めて——撃退は一瞬でできるけど、この魔獣は操られているだけだ。できることなら傷つけたくない。

魔獣の攻撃がやんだ隙を突いて、稲妻の魔法を飛ばす。

それを受けた魔獣が全身を痙攣させて倒れ……しばらくすると、正気を取り戻したのか立ち上がってキョロキョロと周囲を見渡している。

——どうやら、元に戻ったようね。

先生たちは、私の魔法を見て驚いていた。

「あそこまで激昂していた魔獣を一撃で宥《なだ》めるとは……ありがとうございます！」

先生のお礼を聞いていると、ダドリックが私の前にやってくる。

「流石《さすが》はリリアンだ！　オレも精進しなければならんな！」

そのダドリックと私の間に、レックス殿下が割って入る。

「はっ、貴様はなにもできず突っ立っていただけだったな」

「ぐっ……」

私からはレックス殿下の背中しか見えないけど、ダドリックの反応を見るに、きっとレックス殿下はどや顔をしているのだろう。

——無事に解決できてよかった。

……そういえば本来魔獣と戦うはずのカレンは今、どうしているのだろうか。

そして——周囲を見渡して、私は呆然とする。

カレンの姿が、どこにもない。

先生の指示に従って避難している生徒は多いから、いなくても不自然じゃないけど、妙な胸騒ぎがした。

きっとそれは、私がカレンの代わりに事態を解決してしまったからということと……

「リリアン、どうした？」

レックス殿下の声がくもっているから、私はまた不安げな顔をしているのだろう。

魔獣を見たいと言っていたのはカレンで……今回の件を引き起こしたのも、もしかしたら彼女なのではないか、私はそう思っていた。

こうなると……カレンを探したい。

けれど今私がこの場を離れるのは、不自然だ。

カレンがいないことが気になって、と素直に言っても、「避難しているのだろう」と言われればそれまでだ。

「あ、安心したら喉が渇きました……食堂でお水を飲んで来ようと思います」

「そうか。俺も同行しよう」

「いえ。あの魔獣が再び暴走する可能性もありますし、みんなはこの場にいてください……すぐに戻ってきますから」

「わ、わかった……」

適当な理由をつけて場を離れ、レックス殿下たちには留まってもらう。

私は走って――とにかくカレンを探した。

犯人があれだけの魔獣を操っていたとしたら、かなり大規模な魔法か魔道具を使ったはず。しかし、そんな姿を人に見られれば自分が犯人だと言っているようなものだ。となると、事を起こすなら人目に付かない場所だろう。

試験会場は試験を控えた生徒たちでいっぱいだったから、身を隠せるような場所はない。それなら、と思い試験会場の裏手へ向かった。

そして――会場裏の人気のない場所に、カレンが立ち尽くしていた。

私は木の陰に隠れて、カレンの様子を眺《なが》める。

カレンの表情は、ゲームで見慣れた笑顔からは考えられないほど険しかった。

やっぱり――私がゲームの世界に転生したことで、カレンは変わってしまったのかもしれない。

そう思いながらカレンの様子を窺う。

すると、私は信じられない言葉を耳にする。

「な、なによこれ……ゲームと全然違うんだけど……」

カレンの強張った声に、私は耳を疑った。

――カレンも、私と同じように転生しているだなんて。

カレンの言葉から、私は考えを巡らせた。

悪役令嬢の私が転生しているのだから、ゲームの主人公カレンもまた転生している可能性があると思うべきだったのだ。

――いや、それは流石《さすが》に無理ね。

カレンもまた転生者だとわかると、色々なことが腑《ふ》に落ちる。

ゲームと違う性格なのは、転生して別人になっているから。

私がカレンを意識していたように、カレンも私がゲームと全く違うと思っていた。だからあんなに探ろうとしたり、昨日も声をかけたりしたのかもしれない。

まだ私がいることに気づいていないのか、カレンは頭を抱える。

「なぜかリリアンが主人公みたいになってるし、なんでこんなにハード設定なのよぉっ……」

ごめんなさい。

どうやらカレンは、今日の出来事で我慢の限界がきたみたいね。

「これじゃ、私が前世のことを思い出す前のカレンがどんな状況だったのかもわからないし……ダメね。混乱してきた」

どうやらカレンは前世を思い出してからそれほど時間が経っていないみたい。そこは私と違うのかしら？

カレンは私のことを警戒しているようだけど、それなら私から声をかけるべきなのでは――

「――リリアン。こんなところでどうした？」

「うひぃっ⁉」

背後からレックス殿下に声をかけられた。まさかついてきたの⁉

驚いて声を上げると、それに気づいたカレンがこちらを見た。

さっきまでの表情が嘘のように微笑みながら、私とレックス殿下のもとにやってくる。

「リ、リリアン様、レックス殿下……どうなさったのですか？」

その言葉を聞いて、ようやくレックス殿下はカレンに気づいた様子だ。

「いや、お前こそなぜこんな場所にいる？」

カレンは目を泳がせながら呟く。

「ひ、避難していました」

カレンがたどたどしいのは、言い訳を考えながら話しているからだ。

「私はその、立場的に貴族の皆様より先に逃げるわけにはいきませんし、試験がいつ再開されるかもわかりませんでしたので、ここに隠れながら状況を見て動くつもりでした……リリアン様とレックス殿下は、どうしてこちらに？」

「俺はリリアンが食堂に水を飲みに行くと言ったが心配になってな。追ってきたらここで止まったから声をかけただけだ」

そうレックス殿下が説明している隙に、私は水魔法で手を濡らす。

「私は魔力と空気中の水分を混ぜることでどこでも水を作れます……ですが、試験中なのにこれみよがしに魔法を使うのはどうかと思いましたので」

「そういうことか……カレンよ、魔獣はリリアンが対処した。試験は延期になりそうだが、会場に戻ろうではないか」

そう言ってレックス殿下が歩き出したので、私も着いていく。少し離れてカレンが続く。

カレンも転生者だと知った今……カレンと二人きりで会話がしたい。

けれどそれは、レックス殿下がいつも私のそばにいるから難しい。

……さっきは最高のチャンスだったのかもしれない。


あれから試験は中止となり、私たちは教室に戻って解散となった。

私はカレンに声をかけようとしたけれど、カレンは私を避けるように去っていく。

カレンは絶対に私と同じ転生者だ――でなければ「ゲーム」なんて言葉が出るわけがない。

カレンが同類なら私が忘れているゲームのことを知っているかもしれない。どうにかして話をできないだろうか。

……そういえば、カレンから見たら、私ってどうなっているの？

カレンから見た私……攻略キャラ四人と仲がよく、成績も優秀な公爵令嬢といった感じかしら。

ゲームでは、悪役令嬢リリアンはカレンを敵視していた。

カレンがリリアンを敵だと認識しているのなら、とてつもない強敵になっていると思っただろう。

これは確かに、カレンにとってはハード設定だ。

今日の事件は、本来悪役令嬢リリアンが黒幕だった。そしてカレンとルートが対処するはずだったのに、レックス殿下、ロイ、ルート、私が解決してしまった。

カレンが私のことを、強力な悪役令嬢だと思っているとしたら……私の自作自演だと考えるかもしれない。

今まで私のことを避けていたのは、得体が知れなくて恐かったから。

校外授業でダンジョンに行った時は、私の本性を探るチャンスだと判断したのかもしれない。

それなら――カレンを安心させるには、私も転生者だと伝えるのが一番だ。


試験が中止になった翌週――あんな事件があったけれど、再試験は数日後に行われることとなった。

私としては早くカレンと話したいけど……カレンは授業が始まる前はどこかに消え、授業開始のチャイムが鳴るギリギリに戻ってくる。

きっと、私を避けているのだ。

カレンは学内で誰とも交流がないようだから、人気のない場所で時間をつぶしているのだろう。

それなら二人で話せる機会があるかもしれない、と思い席を立つ。

「リリアン、どこへ行くんだ？」

「……いえ、なんでもありません」

レックス殿下がどこに行くか尋《たず》ねてきたから、私は一度座る。

カレンを追うと言えば、レックス殿下は理由を聞くだろう。

カレンとは相変わらずほとんど接点がないし……転生者だからという以外でなにか理由を考えないといけない。

「そうか……あの魔獣を暴走させた犯人はまだわかっていない。危険がある以上、俺はリリアンを守らなければならないからな」

どうやらあの魔獣との戦いの中、レックス殿下は私を守ったことで自信がついたようだ。

「確かに学園の生徒を、それも一年生を狙われたのは怖いけど、レックス君は過保護なんじゃないかな？」

そう言うロイも、レックス殿下が席を外すとすぐ私の近くに来る。

普通なのはルートぐらいで、普段はレックス殿下の護衛を務め、レックス殿下が席を離れる時は私を守るようにと命令されていた。

今週末の試験が終わり、再来週末に結果が発表されたらダドリックが押しかけてくる可能性もある……そうなれば、カレンと二人きりになれる機会はほとんどない。

今日の授業も普通に終わり、私は馬車に乗って帰宅する。

キャビンの中央に座って、思わず呟いていた。

「なんだか……ようやく自由になれた気がするわね……」

御者台には御者兼護衛の二人が乗っているけど、キャビンの中は私だけ。

レックス殿下もロイもそばにいない……ようやく一人になれた気がする。

「早いうちに、できれば試験の結果が出る前にカレンと話をしておきたいわね」

学園ではレックス殿下とロイがずっとそばを離れないし、カレンも私を避けている。

レックス殿下もロイもルートも私を守るための行動だから嬉しいけど……カレンと話す機会がない。

――カレンと二人きりで話したのは馬車を待っていた時と、事件の時の試験の二度だけ。

あの時転生者だと話しておけば……いや、それは結果論だ。とはいえ機会はそこしかなかった――

「――そうだ」

後悔したことで、私は閃《ひらめ》く。

この方法なら、私はカレンと二人きりになれるかもしれない。


あれから数日経ち――明日は実技の中間試験だ。相変わらず事件の犯人はわかっておらず、レックス殿下とロイは常に私のそばを離れない。

授業を終えた私はようやく一人になって馬車に乗り……行動に出ようとしていた。

馬車が動いて数分後、タイミングを見計らった私はキャビンから顔を出し、御者台に叫んだ。

「試験の前にやりたかったことを思い出しました。学園に戻ってください！」

「わかりました！」

御者は理由を尋《たず》ねることもなく、そのまま引き返してくれる。

馬車を待たせ……私は学園内を歩いていた。

ようやく一人になった私は、カレンを探す。

探すといっても、目的地は決まっている。私はまっすぐ広場を目指した。

実技の試験前だから、広場では結構な数の生徒が自主練をしていた。

そして……不自然なくらい空いたスペースの真ん中に、カレンがいた。

カレンの姿を目にした私は、自分の目論《もくろ》みが正しかったことを確信して、安堵する。

「試しにゲームの設定を利用してみたけど……上手くいったわね」

ゲーム中、延期になった実技の試験を明日に控えたこの日、広場で魔法の自主練をしていたカレンのもとに悪役令嬢リリアンがやってきて悪態をつくというイベントがあった。

リリアンがカレンに初めて敵対する重要なイベントだ。私がリリアンである今、そんなことはしないけれど。

そう、私はゲームにあったイベントを思い出し、もしかしたらこの世界のカレンも同じ行動を取るのではないか、と思ったのだ。

「流石《さすが》はカレンさん。素晴らしい魔法です」

私が声をかけると、カレンはバッと振り向いたが、すぐにいつもの笑顔に戻った。

今までゲームとかけ離れた行動ばかりしてきた私が、ゲームと同じような発言をしたら驚くのも当然だ。

「リリアン様……その、どうなさったのですか？」

このカレンの言葉も、さっきの私の発言も、どちらもゲーム中の台詞だ。

きっと、カレンも私のことを見定めようとしているのではないか……そんな気がした。

カレンにしか聞こえないぐらいの小声で、私は告げる。

「カレン。貴方もしかして——この世界の人間ではないの？」

その言葉に、カレンは目を見開いた。

「……えっ、えっと、この世界の人間ではない。というのは、ど、どういう意味ですか？」

まだカレンは疑っているみたいで、もっとわかりやすく言うしかないと覚悟を決める。

「この世界は元々ゲームの世界だった。理由はわからないけど、私とカレンだけがゲームと違うのではありませんか？」

私は、カレンが「ゲーム」という言葉を使っていたことで、転生者だと確信した。

この世界では、「ゲームの世界」なんて絶対に出てこない単語だから、カレンもわかってくれるはず。

カレンは驚きながらも、納得したように溜め息を吐く。

「ああ、そう……そういうこと……」

それからなんだかカレンは不機嫌になって……またやらかしてしまったのだろうか。

私はカレンが自分と同じ転生者だと知った時は、驚きこそしたけれど嬉しかった。

それなのに……私が転生者だと知っても、カレンはどこか不機嫌そうだ。

「なるほどね。今日はリリアンとあたしのイベントがあったから、それに合わせて正体を明かしに来たってこと……考えたわね」

「そ、そうですか？」

傍《はた》から見ると平民のカレンが公爵令嬢である私に敬語を使わず話すのはだいぶ異質だ。

すぐに冷静になったカレンが提案する。

「……場所を変えましょう。今なら試験会場の裏には誰もいませんから」

そう言って歩き出したカレンについていく……カレン、なんだか怒ってる？

カレンの態度が気になりながらも、私たちは試験会場の裏へ向かっていった。


試験会場の裏――整地されていない木々の生えた場所に到着すると、カレンが大きな溜め息を吐いた。

これまでの姿からは考えられない態度だが、カレンは話を再開する。

「今までさ。こんなのゲームと違いすぎるって思ってたけど、その原因がリリアンも転生したからなら納得するわ」

「そう……ゲームと違う理由は私が転生者だからです。わかってくれたみたいでなによりです」

私が安堵すると、カレンは私を睨《にら》みつけた。

「それでも限度があるでしょ！　どうしてあんなことになっているの!?」

なんでこの人、急にこんなに怒っているの!?

確かに色々とやらかしたけど……理由が判明したのなら、安心してもいいはずだ。

とにかく、理由を聞こう。

「あ、あんなこととは……どのことでしょうか？」

同じ転生者だから敬語はやめようと思ったけど、九年間も敬語を使っていたから癖になっている。

たじろいでいると、激高したカレンが叫ぶ。

「そうよね！　色々ありすぎてわからないわよね！　レックス殿下に溺愛されてるのは破滅を回避するためだろうからわかるけど、なんでロイを治してるのよ!?」

もしかして、カレンはロイを狙っていたのかしら？

「私とロイ様はなんともありませんから、カレンが迫ればきっと大丈――」

「――大丈夫とかそういう話をしているわけじゃないの！　あんたなにも考えてないでしょ!?」

「うっ!?」

図星を指されて、私は口をつぐむ。

カレンは私を可愛く睨《にら》みながら告げる。

「確かにゲームと違うことをしたい気持ちはわかるけど、その結果同じクラスで二人に迫られて、身動きが取れなくなってるじゃない。って、そういえばダドリックもいたっけ」

返す言葉が出てこない。

確かにカレンと二人で会話する機会を作るのにも一苦労する羽目になってるものね。

ひとまず私は、ロイを治した理由を話す。

「ロイを助けたのは……辛そうにしていて、放っておけなくて」

「……そうよね。あたしも同じ立場で、幼くて弱ってるロイを見たら同じことをしていたかも」

私の言葉を聞いたカレンはそう呟いて、冷静になってくれた。

その時カレンが浮かべた微笑みは、今までのどこか強張ったものではなく、ゲームで見ていた柔らかい笑顔だった。

「ゲームだと絶対勝てないダドリックに勝ったのは驚いたけど、あんなことになるとはね」

「あれは私も驚きました」

「ダドリックは実力だけならレックス殿下にも勝るって設定だけど……あれだけ頑張っているレックス殿下を見ると、中間試験もどうなるかわからないわね」

ダドリックには、そんな設定があるの？

キャラクターの設定まで把握しているなんて、カレンはゲームに詳しいのね。それなら聞きたいことがある。

そう思った矢先、遠くからガサガサと草を踏む音が聞こえて、カレンが肩をすくめる。

「ここなら大丈夫と思ったけど、長話はできないようね」

「えっ？」

「ゲームだと広場で話している時に人が来て話が終わるから、邪魔されないように場所を移動したんだけど、やっぱりどこにいても邪魔は入るみたい」

ゲームの展開を把握しきっているカレンに、私は驚く。

カレンは私を見つめながら話してくれた。

「あたしは前世の記憶を取り戻して……まあ、それがカレンとして転生した時って思ってるけど、転生して一ヶ月と半月とはいえ、色々と試したのよ……教えてくれてありがと。リリアンが転生者で安心したわ」

そこまで話した時、先生がやってきた。

カレンの適応ぶりを見ると、転生して一ヶ月と半月とは思えない。

いいえ……転生したばかりだからこそ、ゲームでなにがあったか覚えていられるのかも。

カレンは自分から先生に話しかけ、この場をごまかしてくれた。

「あなたがこのまま自由にやっていたら、世界が終わるけど――それについては、また今度話しましょう」

カレンが私の耳元に囁く……離れる前に、とんでもないことを言ったわね。

世界が終わる？

カレンが焦っていた理由もそこにあるのだろうか。なにがなんだかわからない。

それでも……転生したカレンが力になってくれるのなら、心強い。

あれから中間試験……延期されていた実技の後半課題の日が来て、私たち五人は再びダンジョンに潜っていた。

　実技の前半は試験会場で先生を相手にした魔法の披露、後半はダンジョンの探索が課題となる。以前探索した時と同じく、ダンジョン内にある魔鉱石を発見し持ち帰るだけだが、その行き帰りの時間を競うらしい。

　魔力の流れを感じ、魔鉱石のありかを探る、というのが課題の大きなポイントだけど、私たちはダンジョンの奥にあるものをとってきてほしいと試験の先生から言われている。

　他の生徒たちも合同で行うが、私たちの班は力の差がありすぎるからということだった。それでも私たちは、難なく魔鉱石を手に入れていた。

　魔力による灯りで照らされたダンジョンの帰り道、今までは先頭を歩いていたレックス殿下が、カレンに話しかける。

「カレンよ。再試験の前日、リリアンと二人でいたそうだが、なにを話したんだ？」

「え、えっと……」

　レックス殿下は、どこでそれを聞いたのだろう？

　カレンは明らかに動揺し、私をちらりと見る。

「……この話は、他言無用でお願いしたいのですが」

「ちょ、ちょっと!?」

　カレンが転生したことやゲームのことを話すのでは、とうろたえてしまう。

　そんな私を見て、カレンがしてやったりという顔で笑っているけど……これは予想通りの反応をしてしまったのかもしれない。

「リリアン様。私が聖魔力を扱えると発覚したら騒ぎになると教えてくださったこと、嬉しかったです。そのリリアン様が信頼なさるお三方なら、お話ししても大丈夫だと思いました」

聖魔力——聖属性の魔力？

そうだ、思い出した。

聖魔力というのはゲームではカレンだけが使える特別な魔力で、普段はそのことを隠している。

私が回復魔法を習得できたのも、この聖魔力の素質があったからだ。

あまり登場しない設定だからすっかり忘れていたけど、本来はカレンがその聖魔力を鍛えることでロイの病を治せるようになるという重要なものだった。

実際には私がロイを治し、ロイ自身も病が治ったおかげでその聖魔力の素質に目覚めつつある——まだ回復魔法を使いこなすまでには至っていないようだけど。

カレンがその聖魔力を扱える、という告白を聞いて、案の定、真っ先にロイが追及する。

「聖魔力って……聖人の素質がある人しか扱えない珍しい魔力……だよね？」

ロイが唖然としているのは、聖魔力はロイが学ぼうとしていた力だからだろう。

ロイの言葉に驚いたのか、レックス殿下もカレンを見る。

「どういうことですか？」

ルートも気になっているようで、みんなの視線が集まる中、カレンは話す。

「私は微力ですが回復魔法を使えて、その……前に傷ついた小鳥を回復している場面を、リリアン様に見られたのです」

カレンが私を目配せする。

そんな場面は見たことがないけど、合わせろということね。

「その時に、私も回復魔法が使えることを伝えました。カレンは私と違って聖魔力に特化した素質の持ち主でしたから、とても興味深いのです」

私は全魔力が扱えるけれど、カレンは聖魔力に特化していて、他の魔法は知識こそあるもののそこまで得意ではないらしい。

それでも学園トップクラスの実力なのだから、レックス殿下たちも驚いている。

これで私がカレンの聖魔力に興味があるということにしておけば、いずれ屋敷に呼んでもおかしくないだろうし、私が寮にあるカレンの部屋へ行く理由にもなる。

そうしたら、あの世界が終わるという話についても、深く聞くことができそうだ。


それからダンジョンを抜けて、私たちは試験を問題なく終えた。

ダンジョンに一緒に行った仲間ということもあって、カレンが私たちと会話するのも前ほどは見とがめられなくなった。

もちろん、何人かは羨ましそうに、そして嫉妬の目をカレンに向けているが……

教室に戻ると、ロイがカレンに言った。

「カレンさん。今度僕の家に来てもらえないだろうか……君の魔力について、興味があるんだ」

「……ええ。それは構いません。ですが、先にリリアン様とお約束をしておりますので、そのあとでよろしいでしょうか？」

「うん。それで構わないよ」

そうカレンがロイに言うけれど、私はそんな約束はしていない。

とはいえこれは渡りに船だ。

「私もカレンの魔力に興味がありますし、私の屋敷に遊びに来てくださるのが楽しみです」

これでカレンと二人で話せる、と思ったのに、レックス殿下が割り込んできた。

「俺も気になるから一緒に――」

「レックス殿下。女性だけで話したいこともありますから、遠慮してもらえないでしょうか？」

「あっ、ああ！　そうだな！」

私が少し強めに言うと、レックス殿下は慌てて引き下がる。

実際、レックス殿下が一緒だとなにも話せなくなるから、嘘ではない。

「周囲の視線が気になりますね、カレンさんがここにいるのは、そんなに注目するようなことなのでしょうか？」

ルートが首を傾げる。平民であるカレンと上級貴族の私たちの組み合わせは、どうしても人目を惹くらしい。

「カレンさんは目立つから仕方ないんじゃないかな。しばらくすればみんな慣れると思うよ」

ゲームでは、クラスメイトたちは初めこそカレンに羨望や嫉妬の目を向けていたけれど、カレンが悪役令嬢リリアンの嫌がらせを受けていることを知ったら同情するようになる。

けれど今のカレンに嫌がらせをする悪役令嬢はいない。

ゲームと変わってしまった分、ゲームでの役割を他の人が担うのだとすると、リリアンとは別の悪役令嬢が現れる、ということもあるんじゃないだろうか。

私は警戒を強めていた。


試験が無事終わり、馬車にはカレンが同乗している。

夜まで二人だけにしてもらい、カレンが帰る時は寮まで馬車を出すことにした。

お父様とお母様には私の学友とだけ伝えて、カレンを私の部屋に招くことに成功した。

お菓子と紅茶も用意し、話し合う準備は万全だ。カレンは紅茶を飲みながら話し始める。

「前にも言ったけど、あたしが転生してカレンになったのは一ヶ月と半月前……この魔法学園に入学した瞬間で、ゲームのスタート場面だったわ」

グリムラ魔法学園に入学した直後となると、私とは全然違う。

カレンは私に指を突きつけるけど、ゲームのカレンはにこんな仕草はしないだろう。

「リリアンが妙なのはすぐわかったけど、相手が相手だもの……ゲームではあれだけ嫌がらせをしていたんだから、たとえ変になっていたとしても、カレンに対する敵意は残っているんじゃないかって警戒したわ」

「実際はリリアンも転生者だったわけですけど……確かに、他の人も転生しているだなんて、信じられませんね」

私もカレンがゲームという単語を呟くまで、そんなことは考えなかった。

カレンも私が打ち明けるまで、私が転生者だとは思わなかったはずだ。

とにかく、気になっていたことを聞く。

「これからなにが起きて、どうして世界が終わってしまうのか……教えてください」

カレンが私を驚かせるための冗談とは思えない。

「今のカレンは周囲から妬まれているみたいだけど、もしかして私以外の誰かが新しい悪役令嬢になって、世界を滅ぼすとか……」

私は先ほど危惧したことを尋《たず》ねる。

「まさか。そんな心配はないわよ」

「どうしてですか？」

「ゲーム通りならあたし、リリアン、レックス殿下、ロイ、ダドリック以外は大した力を持たないからね。ルートは身体能力だけなら学園トップだけど、魔力が微妙かな」

「そうなると……世界が滅ぶ原因は、私ということになりますか？」

私が尋《たず》ねると、カレンは頷いた。

「このままリリアンがなにもしないでいるのなら、そうなるわ」

私が原因で、世界が終わる。

カレンが知っているということはきっとゲームで語られていたことだと思うのだが……私はなに

も覚えていない。

「あの……ど、どうすればいいの？」

「いや、だからあたし転生して一ヶ月半でわからないことのほうが多いんだって。どうするのよ？」

本当にどうしよう。

とにかく……カレンから詳しく話を聞いて、どう動くか話し合うべきだ。

カレンのほうが私よりゲームについて詳しそうだから、ひとまず私は転生してからの出来事を話そう。

「……とにかく、お互い知っていることを話しませんか？　私は今までなにをしてきたかを説明します」

「そうね……どうもリリアンはゲームについてあまり詳しくないみたいだから、なにをしたのか聞いておきたいわ」

「私は転生したのが七歳の時ですから……かなり長くなりますよ」

「……あたしと全然違うのね。それなら、できる限り短めにお願いするわ」

遅くなる前にカレンを帰すには端的に説明する必要があるけど……転生したのは子供の頃だから、私の人生を振り返ることになりそうだ。

私の話を聞いて、カレンが思案しながら呟く。

「レックス殿下ってトラウマを解決するとそこまで溺愛するのか……。リリアン的にはレックスを好きになったりしないの？」

「私に婚約破棄と国外追放を言い渡してくる人ですよ」

相手が同じ転生者だから、ようやくこの話を口にできた。

「いや……そこはもうゲームとは違う人だって割り切るべきだと思うけど。リリアンに転生したからそう思うのかな……」

カレンはそう言うけど、私はレックス殿下のことをどう思っているのだろうか？

確かに思い返すとレックス殿下は、私が寝不足だとすぐ医務室に連れていこうとしたり、段差を踏み外しかけたらすぐに私を支えようとして、結局転ばなくて一人だけ変なポーズをしていたり……過保護で、格好つけては失敗して、ゲームのレックスとは全然違う。

だけど今の私は――そういうレックス殿下と離れるのは嫌だな、と思っている。

これが好きという感情なのか……いまだにわからないけれど。

困惑していると、カレンが納得したように頷く。

「なにも考えてないしゲームのこともあまり覚えていない。か……それなら、納得できるかも」

「あの、どういう意味ですか？」

「おかしいとは思わなかった？　そもそも悪役令嬢リリアンはただの公爵令嬢……公爵家の権力はすごいけど、それだけであそこまでの悪事は起こせない。リリアンをそそのかして、協力したやつらがいるのよ」

あそこまでの悪事というのは、ゲーム中で悪役令嬢リリアンがしでかした悪事のことだろう。

学園内での嫌がらせに留まらず、大勢の人を巻き込むほどの大災害とか、後半になるに連れて規模が増していた。

そこまで聞いて……リリアンに協力している組織のようなものが、あったような気がするのを思い出した。

ゲームはカレン視点で話が進行するからか、その組織はほとんど印象に残っていなかったけど、カレンの話でようやく思い出す。

その組織が——私のせいで世界が滅ぶということに関わっているのだろうか。

「結局、私のせいで世界が滅ぶというのは、どういうことですか？」

「今のリリアンが強すぎて世界を滅ぼすって意味じゃないから安心してよ。悪役令嬢リリアンとして動いていないことが問題なの」

どうやら困惑が顔に出ていたようで、カレンが溜め息を吐きながら苦笑する。

そこまで聞いても、まだよくわからないでいると、カレンが私の目をじっと見つめた。

「今までに、黒龍と出会ったことってない？」

「黒龍……ブラックドラゴンであれば、昔一度戦ったことがありますけど、それぐらいですね」

ルートと共に冒険者の体験をした時、黒い龍と戦ったことがある。

それがどう関係するのだろう？

私の返答に、カレンが納得したように大きく頷いた。

「それがゲームと違う一番大きな点ね。その時点で、あんたは組織に……ロウデス教って集団に目をつけられたのよ」

「ロウデス教、ですか？」

確かに、そんな名前の組織だった気がする。

ロウデス教……悪役令嬢リリアンを利用して世界を混沌に陥れようとした組織だったはず。

「そう。世界のどこかに封印されてる邪神ロウデスを復活させようとしている組織。ゲーム中の出番は少ないけれどファンブックに詳細が載ってるわ……知らないの？」

「知りません。恋愛ゲームは恋愛要素以外必要ないと思っています」

「そう言われるとあたしがおかしいみたいじゃない……絶対おかしくないから。世界観は大事だから。私がキャラ設定も世界観も知りつくしてるから転生したと思ってたのに、こんな考えの人も転生してたのね……」

カレンはショックを受けているけど、私にはどうしようもない。

呆れながらも、溜め息を吐いてからカレンが気を取り直す。

「まあいいわ……狙われてるのはリリアンが全ての魔力の素質があるからよ。あたしと同じ聖魔力も、対極の闇魔力も扱う素質がある……特に稀《まれ》な闇魔力の素質を持つ人こそ、邪神ロウデスを目覚めさせる鍵になりうるんですって」

「詳しいですね」

「ゲームでのイベントは大体見たから……それに、邪神の依《よ》り代《しろ》になれるのは若い女性だけなの。そして闇魔力の素質があるリリアンはロウデス教が最も欲していた人材なのよ」

「……ゲームだと、リリアンが依《よ》り代《しろ》になって邪神が復活したものの、カレンに倒されたから世界は滅びずに済んだということですか？」

「そういうこと。ゲームのリリアンはあんたみたいに魔法を鍛えてなんかいなかったから、邪神の復活は不完全なものにしかならなかったのよ。だけど今のあんたは違う」

そう、ゲームのリリアンと違い魔法を使えるのが嬉しくて使いまくった私は、この国随一の魔法の使い手になってしまっている。

そんな私が邪神ロウデスの依《よ》り代《しろ》になったら、もう誰も止めることなどできないだろう。

ゲームではカレンへの嫌がらせがエスカレートし、さらなる力を求めてロウデス教に勧誘され手を組んだ……というのがリリアンが依《よ》り代《しろ》にされるまでの流れだ。

今の私はそんなことする気なんてさらさらないけど、既にブラックドラゴンと戦った時のことで、逆にロウデス教に目を付けられてしまっているのだという。

カレンの話を聞いて、私は提案する。

「そのロウデス教って組織を、先に叩き潰すことはできませんか？」

咄嗟に思いついたけど、カレンは私の発言に引いている様子だ。

「い、今までの話を聞いて察してはいたけど、リリアンはかなり好戦的ね……この世界はゲームじゃなくて現実。痛みもあるのよ？　回復魔法で治るとしても、痛いのは痛いでしょ？」

そういえば、カレンはダンジョンでもゲームと違って怯えていた。

私は、魔法で対処できるから怖いことなどないのだけど。

カレンにも実力があるはずなのにあまり戦いたくないみたいで、ここは同じ転生者でも違うようだ。

「私は気にしませんけど、転生してからの年月が長いせいでしょうか？」

「と言っても、転生前に生きてた年月よりは短いと思うけど……あたしもいずれリリアンと同じようになるかと思うと、少し怖くなってくるわ」

魔法で戦うことに慣れてきたせいか、転生前なら考えられないような行動をとるようになった気がする。

そんなことを話していると日が暮れてきて、カレンが椅子から立ち上がる。

「この世界は街灯がなくて夜は暗いから……そろそろあたしは帰らないとダメね」

この世界には飛行魔法と暗視魔法があるけど、夜行性のモンスターも多い。

夜は魔法があったとしても、転生前の地球より遥かに危険だった。

「そうですね……カレン。今日はありがとうございました」

忘れていたり知らなかったりしたゲームの知識をたくさん教えてくれて、カレンには感謝するしかない。

「あたしもゲームのことが話せてよかった。けど、ロウデス教はなにをしてくるかわからない集団だから、できるだけ関わらないほうがいいわ」

カレンは、私と一緒にロウデス教を潰してくれるわけではなさそうだ。

聞けば、邪神を復活させられる周期というのがあって、それがこの一年間なのだという。

つまり今年一年逃げ切りさえすればロウデス教の野望は潰えるということだ。

だが、ということは――ロウデス教は私を手に入れるために行動を起こすだろう。

現に、あの中間試験中に現れた魔獣も、ロウデス教が私を攫《さら》おうとして放ったものらしい。

そうなるとこれからは、ゲームで起きたトラブルが、カレンではなく私に降りかかるということだろうか。

グリムラ魔法学園の生徒や教師の中にもロウデス教に関わりのある人が結構いるらしくて、カレンの推測ではあの魔獣を放ったのも、そうした学園内に潜むロウデス教徒の仕業ではないかということだ。

だからこれからは、ゲームで悪役令嬢リリアンがしでかしたことを、名前のないロウデス教の先生や生徒が代わりにやることになる。

私よりもゲームの知識に明るいカレンがそう推測して、私も納得した。

そしてカレンを送るために馬車を用意させるが……その前に、私は気になっていたことを尋《たず》ねる。

「あの、カレンはこの世界に転生して、なにをしたいと思っていますか?」

この質問は、純粋な好奇心だった。

私はただただ魔法を使うのが楽しくて自由に生きてきたし、国外追放されたら冒険者になるという夢もある。

同じ転生者のカレンがなにを願うのか、聞いてみたかった。

主人公という立場のカレンなら、本来は攻略キャラと恋人になって幸せな未来を送れるはず。

レックス殿下、ロイ、ルート、ダドリック……攻略キャラ四人の誰かと恋人になりたいのではないかと尋《たず》ねると、カレンはふわっと笑う。

「なにがしたいと言われたら……この日常を、ずっと見続けていたいかな」

「えっ？」

それは予想外の答えだった。

「あたしとしてはさ、ゲームと違うみんなを見ることができて幸せだから……リリアンの行動でどんな変化がこの世界に起こるのか、それが今は楽しみになっているわ」

私が転生者だと伝えてから、カレンの不安は一気に晴れた様子だった。

——私は魔法が扱えるだけで幸せだけど、カレンはこの日常が幸せなのね。

どうやらゲームの知識があるカレンとしては、ゲームそのままの世界を生きるだけでなく、ゲームと違うこの世界のことも楽しめているようだ。

「あたしは攻略キャラと恋人になる気はないから、リリアンの自由にすればいい。あたしはカレンがどんな経緯で彼らと恋人になるのかもう知っている。それはつまらないじゃない」

何度も繰り返せるゲームとは違い、この世界は繰り返せない。

だからこそ……カレンは予測のつかない私の行動を観察して、この世界を楽しみたいのだろう。

その後——カレンを屋敷の外まで見送り、私は部屋に戻る道すがら思案する。

学園に入学してから今まで警戒していたけど、ロウデス教さえなんとかすれば、この世界を自由に楽しめるのではないか。

ゲームの出来事をカレンから聞いたけれど、レックス殿下の溺愛ぶりはゲームのカレンに対するもの以上だから、レックス殿下がどう行動するかカレンにもわからないそうだ。

それに、ロイが同じクラスになっているのもゲームと違う。だから、本当にゲーム通りの出来事が発生するか不安だった。

それでもダドリックとの決闘とか、中間試験で魔獣が出現したことを思い返すと……私が行動しない限りは、ゲーム通りになるのではないか。

私はカレンから聞いた話を思い返す。

ゲームの内容を踏まえた、警戒すべきイベントについてだ。

期末試験の前にある校外授業で、悪役令嬢リリアンがカレンを叩きのめそうと罠を仕掛ける……というイベントがあるらしい。

おそらくこれが、今の世界ではロウデス教が私を狙うのにもってこいの機会となるはずだ、とカレンは言った。

まだ先の話だけど、今から準備しておくべきだろう。

――レックス殿下たちにも協力を仰げればいいのだけど……

そう悩んでいたら、カレンが「あたしに考えがある」と言っていたから、それに期待しよう。

翌週――カレンとの話を経た私は、普段通り生活すると決めていた。

――ロウデス教を潰すのが一番手っ取り早いけど、相手はどこにいるのかはわからない。それなら迎え撃つしかない。

教室に入ると、レックス殿下とルートがやってくる。ロイは一緒ではないのだろうか。

「ああ。ロイならカレンのところにいたぞ。聖魔力について聞きたいらしい」

レックス殿下はロイとカレンを楽しげに眺《なが》めているけど、どうしてそんなに楽しそうなのだろうか？

そこまで考えて――ロイを牽制しなくていいからか、と思い当たった。

「リリアン。最近は機嫌がよかったのに、今日はなんだか顔色がよくないな」

「レックス殿下は、よくリリアン様の様子を御覧になっていますね。流石《さすが》は婚約者です」

普段はロイを気遣って無言でいることの多いルートが、レックス殿下を称える。

私はロウデス教の話を聞いて、不安になっていたのか。

自分では気にしていないつもりだったけれど、レックス殿下はどうしてこう察しがいいのだろう。

「えっと……試験の結果が気になっているのですわ。確か、今日の昼休みに発表ですよね？」

「俺はダドリックより上だ。問題ない」

レックス殿下は自信があるみたいだけど、カレンの話を思い返すと不安だった。

先ほど輪に加わったロイが、自信満々なレックス殿下を見て呆れていた。

「いや、きっとレックス君の成績のことじゃなく、リリアンさんはちゃんとみんなの期待に応えてトップでいたいから不安なんだろ」

いつものように言い放つも、レックス殿下は溜め息を吐く。

「なんだ。カレンとはもういいのか？」

「立場のせいか、カレンさんは緊張しているようだから、少しずつ慣れていこうと思ってね……それにしてもレックス君は余裕みたいだけど、本当にダドリック君より上なのかい？」

「俺の中では勝っているのだが、奴も必死だったからな……いや、大丈夫だ！」

もし殿下が負けた場合、ここぞとばかりにダドリックは私に迫ってくるだろう。そして、ダドリックに負けたレックス殿下は口を出せない……その時に私がどうするのか、ロイは気になっているようだ。

私はロウデス教が不安なのか、レックス殿下がダドリックに負けるのが不安なのか……自分でもよくわからなくなっていた。


午前の授業を終えて昼休み——試験の結果が広場の掲示板に張り出され、生徒たちが騒ぎ出す。

上位五十人の名前が記されている掲示板の前には自信のある生徒が集まっているようだ。私は少し不安げなレックス殿下、ルート、ロイ、そしてカレンと共に掲示板の前へ向かった。

試験結果は——私がトップ、カレンは二番目。

そして三番目がレックス殿下だ。ダドリックは四番目の成績で……私は晴れやかな気分になる。

「ははっ！　四点差とはいえ、俺がダドリックに勝利したぞ！」

四点差の内訳は、筆記試験、実技試験共に二点ずつの勝利だったという。

もしこれが実技試験の差だけだったなら、ダドリックはクラスが違うからだ、などと言い訳できていたはずだ。

その点筆記試験は全クラス一律で同じ内容だから、筆記と実技両方とも勝ったというのは、レックス殿下にとっては余計に嬉しかったのかもしれない。

広場には、呆然とするダドリックの姿があった。

「バッ、バカな……このオレが、王子様に二度も、二度も負けた……」

負けたといってもたった四点差だけど、どうやら負けるなんて考えてもいなかったみたいね。

みんなはどうしてあれほどの成績でここまで落ち込んでいるのだろうと怪訝そうに見ているけれど、ダドリックにとってレックス殿下との勝負に価値があるのだろう。

ゲームでの言動はあまり覚えてないけれど、ダドリックのプライドの高さは知っている。

レックス殿下に負けたのは、これ以上ない屈辱のはず。

必ず勝てると確信していた――にもかかわらず二度も負けたことでダドリックは呆然としていた。

レックス殿下が勝ち誇った表情で告げる。

「ダドリックよ。約束通りもうリリアンには関わるな！」

レックス殿下が高らかに宣告した。いつの間にそんな約束をしていたのか。

もし負けたらどうするつもりだったのか……いや、レックス殿下もきっと、負けた時のことなんて考えていなかったのだろう。

ダドリックは項垂《うなだ》れながら答えた。

「ぐぅっっっ……ああ。オレのほうからはもう、リリアンには関わらない」

「含みのある発言が気になるが……まあいいだろう」

確かに「オレのほうからは」とわざわざつけるのはなぜなのか。

もしや私が自分からダドリックに関わるとでも思っているのだろうか？　私としては押しの強いダドリックとは関わりたくないのに。

そして周囲の人を押しのけて去っていくダドリックの背中を見ていると、どこか様子がおかしい。

ぼんやり後ろ姿を眺《なが》めていると、ロイが私の隣にやってくる。

「ああ。ダドリック君は上級生に頭を下げてまで猛勉強したみたいだからね……プライドを捨ててリリアンさんのために努力したのに、それでも負けたことが悔しくて堪らなかったんじゃないかな？」

そこまでして私からレックス殿下を離したかったのか。

――そう考えていると、レックス殿下が私の肩に手を乗せた。

「リリアン。ダドリックに同情は要らない……俺の努力が奴の努力を上回っただけの話だ」

そう言うレックス殿下は顔が真っ青だ。

「あの、発言と表情が合っていないんですけど……なにか気になることでもあるのですか？」

尋《たず》ねるとレックス殿下が感極まって震えた。私が心配しただけでそこまで感動するのか。

「あ、ああ。ダドリックは良きライバルだと思っていたが、決着がついた以上、もう競い合うことはないだろう……それが少し残念なだけだ」

確かに、ロイはレックス殿下より下でも構わないって言っているし、レックス殿下と同じぐらいの実力でライバルになれるのはダドリックだけだ。

ゲームでダドリックに興味がなさすぎた私が知らないだけで、もしかしたら攻略していると、こんな場面があったのかもしれない。

なんだかダドリックを攻略しようとしたのにレックス殿下の好感度が高すぎて失敗した、みたいな図になったけど、これでダドリックとの関係が終わるのなら、私としてはそれでよかった。


放課後――試験の結果を話そうと、私たちは教室に残っていた。

机をのけて、私たちは椅子を並べて輪のようになっている。

私、レックス殿下、ロイ、ルート……そしてカレンは、試験について話をしている。

「それにしてもカレンさんはすごいよね。魔法学園に入ったのは今年からなのに、リリアンさんと競えるなんてすごすぎるよ」

ロイがカレンを褒める。

カレンが気おくれして話せないようだから、立場の違いを気にさせないための気遣いでもあるのだろう。

カレンははにかむように両手を振る。演技が巧い。

「母が凄腕の魔法士でしたから……それにしても、皆様は以前から魔法学園に通っておられたのですね」

こうして見ると、全然リリアンになりきれてない私と違い、カレンは完全にカレンになりきっていた。

部屋で話した時のカレンが素だと思うけど、ゲームに詳しいだけのことはある。

「ああ。その時は俺とリリアンがトップの成績だった！」

自慢げにレックス殿下が叫ぶと、カレンは微笑む。

「そうなのですか……お似合いだと思います」

それに異を唱えるのは、ロイしかいない。

「……どうかな。カレンさんは誤解しているようだけど、リリアンさんがレックス殿下の婚約者なのは親が決めただけだからね」

ロイの話にニコニコと相槌を打っていたカレンが突然、挙手をする。

「あの、ちょっと気になったことがあるので、尋《たず》ねてもよろしいでしょうか？」

カレンはざっと周囲を眺《なが》めてから、私のほうをじっと見つめる。

私は頷いて答えた。

「なんでしょうか？」

このグループで一番発言力があるのは私だから、こう言っておけば平民のカレンの発言に気を悪くする人はいない。

そもそもこのメンバーならなにを言っても大丈夫だとは思うけど、カレンは気を遣うべきと考えているようだ。

カレンは一度深呼吸をして、きっぱりとした表情でお礼を言う。

「ありがとうございます……女子寮での噂なのですが、最近奇妙なグループが生徒に声をかけているというのです。心当たりはありませんか？」

不安そうに見えるけど、こうして聞くことでロウデス教が関わってきていないか、探りを入れているのだろう。

もしやこれが先日カレンの言っていた「考え」だろうか。

ロイが首を傾げて答える。

「……そんな噂、僕は聞いたことがないけど、誰から聞いたんだい？」

「ご、ごめんなさい……実は、私がロウデス教と名乗る人たちから、一番優秀なリリアン様を蹴落としたくはないか、リリアン様を痛い目に遭わせたくはないかと言われまして……リリアン様が、心配になったのです」

最初は噂ということにしておいて、追及されたら自分の身の上話だと告白する。

カレンの発言を聞いてみんなが驚愕――特にレックス殿下は憤り、バン！　と机を強く叩く。

「なんだと!?　それで、カレンはどう答えた！」

「もちろん断りました。ですが、どうも気になりまして……リリアン様、近頃なにか奇妙なことが起こったりしませんでしたか？」

そう尋《たず》ねてくるカレン。ここは話を合わせるべきだろう。

カレンはロウデス教とはまだ接触していないはずだから、これはレックス殿下たちにロウデス教の存在を伝え、情報を探るためのちょっとした芝居だ。

ロウデス教についてはカレンのゲーム知識でわかっただけで、私たちは二人とも、実際にロウデス教の人間と関わったわけではない。どんなにわずかでも情報はあるにこしたことはなかった。

私に危機が迫らないよう警戒心を強めてもらおうとする狙いもあるのかもしれない。

「そういえば……実技の試験、現れた魔獣はなぜか私を狙っていたような気がします」

私の発言を聞いて、レックス殿下が再び机を叩く。

「それだ！　俺はロウデス教という集団については初耳だが、あの魔獣は間違いなくリリアンを狙っていた……いまだに魔獣事件の犯人は不明だが、リリアンがよからぬものに狙われているのは間違いないだろう！」

どうやら、レックス殿下には私がロウデス教という組織に狙われている、と理解してもらえたようだ。

うまく信じてもらえて一安心していると……今まで黙っていたロイが、眉根を寄せて呟いた。

「……もしかしたら、僕はそのロウデス教とやらに関わったことがあるかもしれない」

その発言でロウデス教の存在に信憑性《しんぴょうせい》が増す。

「ほ、本当ですか……!?」

「カレンさんが言い出したのに、なにを驚いているのさ」

「い、いえ……まさか、ロイ様が関わっていたかもしれないだなんて……信じられなくて」

ゲームでは、ロイとロウデス教に関わりはなかったのだろうか。

カレンが驚いているのは……これが予想外の出来事だからだろう。

関わったことがあるかも、という言い方からロイがロウデス教徒になったということではないはずだけど、私は警戒しながら話を聞く。

「その、ロウデス教と関わったというのは本当ですか？」

「ロイよ、なぜ黙っていた？」

私が尋《たず》ねると、レックス殿下も強い口調でロイを問い詰める。

不機嫌そうに見えるのは、私を狙った集団の情報を知っていたのに黙っていたからだろう。

ロイは慌てて両手を振った。

「落ち着いてほしいな。相手は名前を出さなかったから、わからなかったんだよ」

ロイは思い出すように話し始める。

「この前、僕の病気が治ったのは神のお陰だ、なんていう人たちが現れてね……その時は気にしなかったけど、思い返してみると……確かに、ロウデス様の力とか言ってた気がする」

ロイの病は自然と治ったことになっているから、ロウデス教はそこに付け入ろうとしたのかもしれない。

実際は私が治したわけだけれど……ロウデスの名前を出したのなら間違いなくロウデス教だ。

では、なぜロイに近づいたのだろう？

ロイは男だからロウデスの依《よ》り代《しろ》にはなれないけれど、貴重な聖魔力の素質がある。利用価値などいくらでもあるだろう。

私を引き入れるのに手こずって、利用できそうな人材を集めようとしたのだろうか。

病気のことに付け込もうとしたということは、なにか弱みになりそうなものを抱える人を狙っているのかもしれない。

レックス殿下は、歯を軋《きし》ませてロイを見つめる。

「ロイよ。お前はなんて答えたんだ」

「なにも言ってない。なんか胡散臭かったし、答える気がなかったから離れたけど……カレンさんの話を聞いていると、リリアンさんを狙っていた可能性は高そうだ」

「ロウデス教か……リリアンよ。俺はなにがあってもリリアンを守ってみせるぞ！」

「え、ええ。ありがとうございます」

私のほうが強いけど、守ると言ってくれるレックス殿下にはお礼を言っておこう。

だけどその気持ちは嬉しいものの……相手が相手だから、不安になる。

レックス殿下が私を心配してくれるのはいつものことだけど、ロウデス教はかなり危険だ。

ゲームでは悪役令嬢リリアンを唆《そそのか》して邪神ロウデスを復活させ、世界を滅ぼそうとした集団。

カレンが窮地《きゅうち》に陥《おちい》るイベントの黒幕は悪役令嬢リリアンだとばかり思っていたけど、実際はロウデス教が仕組んでいたことなのだから、このゲームにおける一番の敵と呼べる存在だ。

「レックス殿下……そのロウデス教と名乗る怪しい集団とは関わらないほうがいいと思います。私を狙った理由もわかりませんし、再び現れるまでは様子を見たほうがいいでしょう」

レックス殿下は殴り込みにでも行きそうだから、先にそう言っておく。

ふと見ると、カレンが驚いている。

二人で話していた時には、こちらから叩き潰しに行こうなんて提案していた私が、様子を見るべきと言ったからだろう。

「……リリアンがそう言うのなら、そうしよう。リリアンが狙われる理由だが、やはり魔法のことじゃないか？　なにせリリアンの魔法はこの国随一の腕前だ」

「いや。そうなることを警戒してリリアンさんは力を抑えて隠していた。それなのにリリアンさんを狙う集団が現れるのは解《げ》せないよ」

「確かに、そうですね」

ロイの疑問は的を射ている。

――その答えは、扱える魔力の属性なのだけど。

けれどなぜそれを知っているかはカレン以外には話せない。

とにかく今は、レックス殿下たちにロウデス教の存在を伝えられただけで満足しておこう。

ロイが勧誘されていたのは予想外だったけど……

今までの話を聞いて、ロイが困惑しながら呟く。

「リリアンさんを人質にしてレックス君を狙っているとか？　いや、それならリリアンさんよりレックス君を狙ったほうが楽そうだ」

「考えていても仕方がない。もしリリアンを狙っているのならまた来るだろう。その時に捕えて白状させるまでだ」

レックス殿下の発言で話は終わり、私たちは屋敷に帰ることになった。

翌日――授業を終えて私は女子寮へ行き、周囲を気にしながらカレンの部屋に入った。

一組の特待生には個室が与えられているそうで、ここなら二人で話せる。

私はカレンと、これからのことについて話しておきたかった。

小さな部屋で椅子に座ってカレンと対面していると、カレンが溜め息を吐く。

「えっと……リリアンが急に来た理由って、やっぱりロウデス教のこと？」

「よ、よくわかりましたね」

「それを言うならレックス殿下よ。今日はいつも以上に過保護だったから、あたしは理由を推測しただけ」

確かに、今日のレックス殿下はやけに私を心配していた。

昨日、ロウデス教のことで不安になったことに気づいたのだろう。

私の変化にあそこまで細かく気づいたことには、驚いた。

考えていると顔が赤くなっているのを自覚してしまって、私は話を強引に逸らす。

「カ、カレンだってロイと仲がいいじゃないですか」

「ロイはあたしの魔力に興味があるだけでしょ。あたしが攻略キャラと恋愛してもゲームのシナリオ通りになるだけだわ」

そう言って溜め息を吐いているけど、ロイは普通に美少年だから恋愛したいとは思わないのだろうか？

疑問が顔に出ていたようで、カレンが微笑みながら手を振った。

「あたしが攻略キャラと恋愛したらゲーム通り面倒なイベントが起こるだろうし、なによりどう話せば付き合えるかわかってるから、そんなのつまらないわよ」

ゲームで体験したからこそ、転生してまで同じことをしたくないようだ。

私とは違う。

そう考えていると、カレンは私を見てにやにやしながら言った。

「それを思うと、逆にリリアンは誰と付き合っても、なにが起こるかわからないからいいわよね」

——他人事だと思って、好き放題言ってくれるわね。

ゲーム通りになるのがつまらない……カレンはそう言うが、私はゲーム通りの出来事を割と楽しんでいた。

「……リリアンは子供に転生して数年後にゲームの世界になるって思いながら生きていたから、ゲーム通りになる今を楽しみにしすぎたのかもしれないわね」

「えっ？」

「あたしは転生してから年月が浅いからつまらないと思ってしまうけど、リリアンは最初からゲームとは違うことをしてきたから、ゲーム通りになる今を待ち望み、対策を立てていた」

「対策……私はこの世界がゲーム通り進むと思って、国外追放を受けたあとの準備をしていました」

「それが結果的に自分の身を守っているのだから成功よね。あたしも魔法が使えるのは楽しかったけど、リリアンは冒険者として生きるって決めてたから、あたしとは覚悟が違うもの」

そう言って、カレンは考える仕草をする。

「それなのにロウデス教の目論《もくろ》み通り邪神の依《よ》り代《しろ》にされちゃったら最悪の結末だけど……意思を強く持っていれば、きっと大丈夫よ」

「意思、ですか？」

「ロウデスを復活させるのに一番必要なのは、絶望なのよ。依《よ》り代《しろ》が絶望することで、ロウデスの封印を解くことができる」

絶望……ゲームでの悪役令嬢リリアンは高慢で自分の非など一切認めないキャラクターだったけれど、一体なにに絶望したというのだろう。

「ゲームだと……悪役令嬢リリアンはカレンを貶《おとし》めるためならなんでもやった。そしてロウデス教はリリアンの悪事を全て暴露したのよ。プライドの高いリリアンは、味方だったはずのロウデス教に裏切られ、自分の悪事をバラされたこと、そのせいでレックスに婚約破棄されたことで絶望して、邪神の封印を解いた……本当は、初めからそうなることを狙って、ロウデス教が仕組んだ計画だったんだけどね」

カレンへの敵愾心《てきがいしん》を高めさせ、裏切って屈辱を与え、思い通りに動かそうとする――ロウデス教のやり口は、想像以上に陰湿だ。

「今のリリアンには、戦う力は十分にあるから、あとは絶望せず邪神の封印を解かなければいいだけ……ロウデス教がなにを仕掛けてくるのかはわからないけどね」

「ロウデス教を返り討ちにできれば問題ありませんが……どんな手段をとってくるのかわからないのが不安です」

「まあ、今のリリアンは学園どころか世界規模で強いみたいだし、あたしたちもいるから大丈夫よ」

これからどうなるのか不安だけど、今は同じ転生者のカレンもいるし、力も十分つけている。

心配はないと思いたいけど……私は警戒することしかできなかった。


来週には例の校外授業があるけど、このところは平和な日々を送ることができている。

午前の授業が終わって昼休み、午後のダンジョン探索は楽しみなものの、やはり来週のことは不安だった。

それから、聞いた話によるとダドリックが近頃学園に来ていないらしい。レックス殿下が気にしているけど……中間試験で負けたのがショックだったようだ。

昼休みにダドリックの話になって、ロイがレックス殿下に聞く。

「レックス君は、ダドリック君のことを気にしているのかい？」

「……態度は無礼だが、奴は俺と張り合える数少ない存在だったからな……まあ、リリアンに迫ってくるのは気にくわなかったから、別にいいのだが」

「ダドリック君はレックス君と似ているから、今頃猛特訓をしているのかもしれないよ」

「確かに、そうかもしれんな……」

ダドリックは私がゲームと違う関わり方をしてしまったせいか、もうすっかりゲームとかけ離れてしまっている。

カレンから聞いたダドリックの設定は――レックス殿下よりも強く、そして内心見下している、というものだ。

ゲームでは攻略キャラの一人だが、最初に会った時の決闘の結果次第ではそのあとカレンには関わらなくなるのだという。

こうなるともう今の私にも関わらないんじゃないかという気もして、私は午後のことを考えることにした。

「それより……今は午後からのダンジョン探索について考えましょう。班のメンバーは前と同じでよろしいでしょうか？」

ルートがそう尋《たず》ねる。ダンジョンに潜るのは中間試験以来だ。

カレンは微笑みながら話を聞いているけれど、内心はどう思っているのだろうか。

私たちの班に、たった一人平民として加わるカレンに向けられる視線は鋭い。

ロイはそのあたりのことに気づいているようだ。

「……リリアンさんは気にしなくていいよ。僕がなんとかしておくから」

「ロイよ。お前はなにを言っている？」

「レックス君はリリアンさんのことに関しては鋭いけど、他は鈍いよね」

「なんだと⁉」

軽口はいつも通りだけど、ロイは明らかにカレンを意識している。

カレンはロイを好きにはならないと言っていたけど……私はロイを応援したくなっていた。

ロイが元気がなさそうだったので、私は尋《たず》ねる。

「ロイ様、なにかありましたか？」

「えっ？　いや……ちょっと自己嫌悪かな。色々あってね」

そう言って私とカレンを交互に見る。ロイはカレンに惹かれているけど、私のこともまだ意識はしているようだ。

そして、そんな私たちに目をやり、レックス殿下が不満げに口をとがらせる。

「……ずっと一緒にいた者が離れると、寂しさから意識するようになるというが、リリアンは大丈夫か？」

一体どこでそんなことを聞いてくるのだろう。

どうもレックス殿下は、焦っているようだ。

私はレックス殿下をなだめる。

「レックス殿下がなにを言っているのかわかりませんが、私は大丈夫ですよ」

「そ、そうか……それなら、よかった」

レックス殿下は安堵したようだった。

昼休みが終わり、五人でダンジョンに向かう。

一ヶ月に一度あるダンジョン探索の校外授業……薄暗い洞窟を抜け、私たちはダンジョンを進んでいく。

私たちの班は五階層目にある魔鉱石を取ってくるように言われていた。

モンスターを倒して難なく進んでいくけど、私の隣にいるカレンとロイは浮かない表情だ。

「ダンジョンには、あまり来たくなかったのですが……」

「僕もカレンさんと同意見だよ。他の授業と比べてこの授業は危険だからね」

前衛をレックス殿下とルートが務めて、後衛は私、カレン、ロイだけど、カレンとロイはダンジョン探索が好きではないらしい
参加しなければ成績が落ちるから来ているのだろうけど、明らかに嫌そうだ。

「二人の実力なら危険なことなどないと思うのですけど、ダンジョンの内部が怖いのでしょうか?」

「ダンジョンにはアクシデントがつきものだからね……思わぬところに罠が仕掛けられていたりとか、本来出るわけがないモンスターが出たりとかさ」

「私は戦うこと自体があまり好きではありません。リリアン様はすごいですね」

カレンの発言は、私が異世界から来たのに戦いに慣れていることがすごいという意味だ。

確かに転生前は戦う機会なんてなかったけど、転生して魔法が使えるようになったら、戦いは当然だと思うようになった。

もしかしたらカレンの感覚のほうが正しくて私が異常なだけかもしれないけど、魔法を使えるの

がこんなに楽しいのだから、私は異常で構わなかった。


私たちはダンジョンの五階層目に到達し、隠された魔鉱石を手に入れる。

ダンジョン内にある大部屋の中央で休憩し、四方にあるどの通路からモンスターが来ても、即座に対処できるようにしていた。

「あとは帰るだけですね」

私がそう言って、周囲を警戒しながら地図を眺《なが》めていると、レックス殿下がロイを窘《たしな》めた。

「戦いの経験に乏しいカレンはともかく……ロイは怯えすぎではないか？　ルートを見習うべきだ」

「私は前衛ですし殿下の護衛として昔から鍛えておりますので……」

レックス殿下は、控えめに振る舞うルートの肩に触れる。

「気構えの問題だ。何度モンスターと戦っても躊躇《ためら》いのあるロイと違い、ルートはしっかり動けていた」

「あ、ありがとうございます！」

ルートは感激していて、尻尾があったら振り回していたに違いない。

ロイは自分の杖を眺《なが》めながら、俯《うつむ》く。

「それはわかっているんだけど……たぶん、初めてダンジョンに入った時のことがトラウマになっているんだと思う。どうも緊張してしまう」

ホーリオ魔法学園に通っていた時のこと、初めてのダンジョン探索でモンスターと戦った際、私の魔法攻撃を妨害してしまったのを、ロイはまだ気にしているらしい。……あれは私が余計なことをしてしまっただけなのに。

でもロイが呆然として杖を持てなかったのは事実で、そのせいか私が魔法を使おうとすると、ロイは躊躇《ためら》いから魔法を使えなくなってしまう。

後衛は私とカレンで十分ということもあって問題はないけど、だからこそ自分は必要なのか悩むようになったのだという。

「……ロイ様は回復魔法を学ぼうとしているのですから、無理に戦力になろうとは考えず、補助に徹したほうがいいのではないでしょうか？」

「えっ⁉」

いきなりカレンが話しかけたことでロイは驚いているけど、レックス殿下が賛同する。

「カレンの言う通りだ！　微力だが回復魔法を使えるロイがいるだけで安心できる。リリアンがいるから元々安心だがな！」

ルートも頷いた。

「リリアン様には確かにとてつもない魔力がありますが、ダンジョンではなにが起きるかわかりません……ロイ様がいるからこそ、リリアン様も魔力を気にせず魔法を使えるのでしょう」

「そ、そうですね‼」

ルートが振ってきたから強く頷くけど、そんなことは全然考えていなかった。

ダンジョンにいると魔力が溢れてつい魔法を使いすぎてしまうのだけど……そういうことにしておこう。

私たちの発言を聞いて、ロイは感動した様子だった。

「みんな……ありがとう」

これでロイが落ち込むこともないし、あとは来た道を戻ってダンジョンから出るだけ。

一休みを終えた私たちが帰ろうと立ち上がると――私たちは謎の集団に囲まれていた。

黒い鎧《よろい》を着た前衛らしき戦士と、その後ろに黒いフードを纏《まと》った魔法士らしき人が二人……それが四方から一組ずつ。

前衛一人、後衛二人のパーティが、四方の通路から私たちを囲むように迫ってくる。

前後左右の四方向に通路がある大部屋の中央で休憩していたのは、モンスターが現れても必ずいずれかの通路に逃げ込めるから。

もし大規模なモンスターの群れが現れても、狭い通路に移動すれば個別に倒していくことができる。

しかし、全ての方向から同時に囲まれたのでは逃げ場がない。

大部屋の中央で、私たちは四方から、計十二人の男女に包囲されている。

「……部屋から出ようとした瞬間を狙って四方から同時に囲んできたあたり、かなり前から俺たちを狙っていたようだな」

いきなり十二人に囲まれて……レックス殿下が、そのうちの一人、やけに装備がいいフードの青年を睨《にら》みつけた。

「学園の者ではないようだが……貴様らは何者だ？」

フードを纏《まと》った青年は、レックス殿下の質問を無視し、私たちに問いかける。

「……君たちには二つの選択肢がある。そこのリリアンを私たちに差し出すか、このダンジョンで死ぬかだ」

その言葉を聞いたレックス殿下が激昂しかけるも、ロイが手で制す。

「……後者を選んだら、ダンジョンのアクシデントとして片づけでもするつもりかな？　だからダンジョンは嫌だったんだよ」

そうロイが呟くけど、一番激怒しているのはレックス殿下だ。

「もういいか……貴様らが、ロウデス教とかいう集団だな？」

「なっ!?」

レックス殿下がロウデス教と口にした瞬間、私たちを囲んでいた集団が動揺する。

その隙を逃さずレックス殿下が走り寄って、戦士らしき教団員の腹部に蹴りを叩き込み、周囲に暴風を発生させた。

だけど、暴風は同じ暴風によって相殺されてしまう。

「血気盛んなことで……だが、貴方たちの対策はしてきたのですよ！」

「ぐっ!?」

三人の戦士、八人の魔法士らしき教団員が、後衛の私たちに迫ってくる。

「しまった⁉」

ルートはレックス殿下に加勢しようとするけど、私たちが狙われたことで足を止める。

ロイも動揺して動けない。

すっかり慣れたはずのダンジョンで、こんなことになるなんて予想外だ。

カレンも戦いに慣れておらず硬直している。

今この状況、私たちの中でレックス殿下しか動けていない。しかし、レックス殿下は私たちのほうに駆けつけることはなくその場に留まり、目の前の敵に相対した。

私は殿下の意図を察し、迫る教団員たちに魔法で対抗しようとする。

だがその瞬間、どこからか飛んできた稲妻が教団員に直撃した。

四組のパーティのうち一組が倒れ、前衛の鎧《よろい》を着た青年が、呻き声を上げる。

「なっ……何者だ？」

返答はなく、通路から殺気を漂わせながらもどこか虚ろな目をした美少年が現れる。

前に会った時とは全然違う……荒《すさ》んだ姿のダドリックが、そこにはいた。

レックス殿下に負けて以降、姿を消していたと聞いたが、もしかするとこのダンジョンで特訓していたのだろうか。

まとう空気は荒《すさ》んでいるのにやけに真新しいマントに目を惹かれる。

「なに……あのマント？」

そういえばカレンから聞いたゲームの設定によるとダドリックのマントは優れた魔道具だそうだ

けれど、これまでダドリックが着ていたのは、ごく普通のものだった。

今は違う……ダドリックのマントから、膨大な魔力を感じる。

どんな力を秘めているのかはわからないが、転生してから見た中で、最も強そうな魔道具だ。

そんなものを持っていたのなら……なぜ今まで決闘や実技の授業で使ってこなかったのだろう？

手に入れたばかりなのだとしたら……こんな強力なものを一体どこで入手したのか。

ひとまず窮地《きゅうち》を脱したことに安堵していると、ダドリックが再び稲妻の魔法を繰り出す。

ダドリックの魔法は前よりも明らかに強力だ。だが、これほどの急成長は私の目から見ても異常だ。

教団員はそれを見て逃げ出し、レックス殿下がダドリックを睨《にら》みつける。

「クソッ……捕えて奴らの情報を得るチャンスだったのに……邪魔をするとは！」

私はレックス殿下の言葉に驚いた。

ロウデス教の人間が現れた今、捕まえて話を聞きだせれば、謎だらけだった敵の糸口がようやくつかめる。

——この状況で、ただ倒すだけでなく教団員を捕えようとしていたなんて……

ダドリックは呆れたように首を左右に振りながら溜め息を吐く。

「相手は多勢で手練れでしたよ、王子様。あんたが余裕で勝っていれば手なんて貸さなかったのに……わざわざ修業を中断して助けに来た相手に文句を言うのが、この国の王子様のやり方なんですか？」

「ぐっ……」

そう言って私たちに背を向けるダドリックを、レックス殿下は悔しげに睨《にら》みつける。

レックス殿下は、前よりも力をつけたダドリックに敵わないと感じてしまったのかもしれない。

猛特訓して逆転する……ダドリックは、レックス殿下と同じことをしたのだ。

「このダンジョンは出入口が複数あるから、追いかけるのは無理だろう。戦闘音が聞こえたから様子を見に来たが……オレの修業の邪魔だけはするな」

そう言って、ダドリックは去っていく。

私はお礼を言わなければ、とダドリックを追うことにした。


ダドリックを追いかけながら、さっきの出来事を思い返す。

もし私の推測通りなら……でも、ゲームと違いすぎて確信できない。

ダドリックに追いつき、声をかけようとするとみんなもついてきていて、足音に気づいたダドリックが振り向く。

「なんだ？」

姿を現した時は荒《すさ》んでいたけど、今はさっきよりも上機嫌だ。

「えっと……先ほどは、ありがとうございます」

私が頭を下げると、ダドリックはもの言いたげな目でこちらを見る。

「……これでわかったんじゃないか？」

「わかったって、なにをですか？」

ダドリックは、一度私の後ろにいるレックス殿下を見やると、再び真剣な目で私を見つめた。

「オレはレックスよりもおまえに相応《ふさわ》しい男になった……リリアン、オレと付き合え」

「えっ⁉」

私が動揺していると、レックス殿下が私の前に立ちふさがった。

「貴様ァ‼」

好意を抱かれているのはわかっていたけど……いきなり告白するなんて。

レックス殿下は激昂して叫ぶ。

「貴様はなにを言っている⁉　俺に中間試験で敗北し、リリアンとは関わらないと言ったのを忘れたか‼」

その叫びを聞きながらも、ダドリックは涼しげな表情だ。

「オレからはなにもしていませんよ。リリアンがお礼を言ってきたから、返答のついでに告白しただけさ」

ダドリックは冷めた目で話を続ける。

「リリアンを危険に晒した王子様と、難なく助けたオレを比べれば、どちらがリリアンに相応《ふさわ》しいか言うまでもないだろう？」

「そ、それは……」

「王子様は一人で全員倒してリリアンにいい格好しようとしたんだろうが。その結果があのザマ……オレはたとえあれ以上の人数が相手でも、リリアンを守れる」

「ぐぅぅっっ……」

ダドリックは勝ち誇り、レックス殿下は悔しげに呻くと……小さな声で呟いた。

「……貴様が、その程度の奴だとはな」

「なんだと？」

「ダドリック。貴様は約束を守り、その上でリリアンの気を惹けるくらい努力する者だと思っていたのだが……俺との約束を屁理屈で捻じ曲げる程度の奴だったとはな」

レックス殿下は、本気で競い合ったことでダドリックを認めていた。

それなのに約束を破った。そのことにレックス殿下は怒り、失望したのだ。

その言葉に、ダドリックの表情からさっきまでの余裕がなくなっていく。

認められていたことに驚き、そして失望されたことを自覚した……そんな表情だ。

「オレにはこうするしか、ないんだ……」

「えっ？」

「オレのほうが優秀なのは証明した！　リリアン、オレの女になれ！」

そう再び告白するけど、ダドリックは間違っている。

レックス殿下は、私を危機に晒したのではない。私を信頼してくれたからあの場は私に任せ、自分は教団員を捕えようとしたのだ。この場をただ切り抜けるだけじゃなく、これから先、私が安心できるように。

私はダドリックに宣言する。

「ダドリック様……助けてくださってありがとうございます。ですが、貴方の恋人にはなりません」

「な、なんだと？」

ダドリックがあとずさる。

目を見開いて、私とレックス殿下を交互に見た。

「な……なぜだ！　オレよりもレックスの、王子様のほうがいいのか⁉」

「私は貴方のことが受け入れられない……それだけです」

ロイはダドリックがレックス殿下と似ていると言っていた。

確かに行動は似ているかもしれないけど……ダドリックとレックス殿下では、本質が全然違う。

確かにダドリックが助けてくれたことは事実だけど、レックス殿下は私のことを思って行動してくれていた。ダドリックが今告白したのは、私が恩に感じて断りづらいタイミングだからだ。

幼い頃、レックス殿下は私に断りもなく婚約を決めたけれど、それでも、私がそれを受け入れた時には泣きそうなほど喜んでくれた。

レックス殿下は、どんな時も私のためを思って動いてくれる。

私は、ダドリックのことは受け入れられない。

私の返答を聞いて、ダドリックは全身を震わせて呟く。

「ま、まさか……オレが、この状況で断られるとは……」

ダドリックは、命の恩人が告白したのだから断れないと思っていたのだろう。

だけどあの時、私たちは別に窮地《きゅうち》に陥っていたわけではない。

私はその気になれば、自力で勝つことができた。

ゲームではありえなかったような状況に驚いていたからそう見えたのかもしれないけど……あの状況なら、レックス殿下の判断のほうが正しい。

ダドリックは頭を抱えて呻く。

「まだ……オレは、諦めない……」

そう言ってダンジョンの奥へ消えていったけれど、大丈夫だろうか？

ダドリックにまだ聞きたかったこともあるけど……確信は持てないから、聞かなくてよかったのかもしれない。

そう考えていると、レックス殿下が私を見つめて言った。

「リリアン。本当に、断ってよかったのか？」

どうやらさっきのダドリックの発言を気にしているようだ。

「あの時はまさか授業中に襲撃されると思わず動揺しただけです。立て直す前にダドリック様が出てきてしまいましたけど、私なら問題なく倒せていました……レックス殿下の判断が正解です」

「ダドリック君が追い払っていなければ、誰かしら捕まえられただろうからね……助けてくれたことには感謝するべきだけど、余計なお世話だったたってことか」

ロイの言うとおりで、レックス殿下も何度も頷く。

「そうだ。そうだな！　奴も俺たちを助けるために動いてくれた以上文句は言えんが……捕えられなかったのは残念だ。次こそ捕えて、リリアンを安心させようではないか！」

レックス殿下がいつもの調子に戻ってくれたのはよかったけど、ロウデス教のことは早くどうにかしたい。

次の機会は来週の校外授業……どんな手を使ってくるのだろうか。

あれから一週間経ち、校外授業の日が訪れた。

今回の校外授業は、大自然の中で決められた道を行って戻るだけの簡単なものだ。

今回の課題は、いきなり現れるモンスターに適切に対処できるかどうか。

しかしモンスターは現れる気配がなく、もはやただのウォーキング状態だった。

先を行く他の生徒たちの班が、モンスターたちをあらかた倒してしまったようだ。

私たちは最後尾をゆっくりと歩いている……これは私たちが先頭を歩くと後ろの生徒たちが勉強にならなくなるからだ。

「普通の生徒向けには障害を用意してるみたいだけど、僕たちに授業をすることは諦めたみたいだね」

「成績を考えれば当然だとは思うが……それより、リリアンはなにを思い悩んでいる？」

「えっ⁉」

突然名指しされて驚いていると、ロイがカレンを見て呟く。

「なんだか、カレンさんも不安そうだけど……別に外と言っても学園とそれほど離れてないし、危険はないと思うよ」

「えっと……授業のはずなのに、ただ歩いているだけでいいのかと思って……」

カレンがそう言ってごまかすけど、きっと不安の理由は私と同じだろう。

この校外授業ではゲームの重要なイベントが起こるからだ。

ゲームでは、悪役令嬢リリアンの仕掛けた罠により主人公カレンが危機にさらされる。

聖魔力だけに反応する転移の魔法陣でカレンを一人遠くの森に転移させ、モンスターに襲わせようという企みだ。その結果、カレンを助けようとしたレックスも巻き込まれて、二人で危機を乗り越える……というシナリオだった。

これまでの経験上、こういったゲームでのイベントは多少違ったかたちになっても発生する。

今のリリアンは私だから、ゲームのように首謀者にはならない。しかしその代わりに何者か――おそらくロウデス教の人間が首謀者になって、同じような出来事が起こるはず。

そしてその時狙われるのは――カレンではなく、私だ。

しかし、今はゲームと違ってレックス殿下とカレンだけでなく、ルートやロイも一緒にいる。

なにがあっても対処してみせる……そう決意していた。

この校外授業は、ひたすら決められた道を歩いていき、折り返し地点に到着したら、引き返す、というものだ。

そしてゲームでは、その折り返し地点の周辺に、罠が仕掛けられている。

私たちは最後尾を歩きながら折り返し地点を回り、あとは街に戻るだけ——とそう考えていた時、事件は起こった。

そこまで何事もなかったはずなのに、私たちの目の前に先週ダンジョンで出会った集団が、さらに一人増えて十三人現れていた。ロウデス教の教団員だ。

魔法士らしきローブを纏《まと》った者や、戦士らしき鎧《よろい》を着ている者……そして十二人の集団の奥に、黒地に赤で顔の描かれた仮面を被る男の姿がある。

行く手を阻む十三人の集団を眺《なが》めて、レックス殿下が鞘から剣を抜いた。

「この前は逃がしてしまったが……リリアンを狙った罪は重い。叩き潰してやる！」

そう言って戦いが始まる。佇まいからして、奥に立つ仮面の男が、この集団のリーダーらしい。

仮面の男が合図をすると、十二人の教団員が一斉に私に迫る。

「この前のようにはいきません。今回は私に任せてください！」

私はみんなに告げて、魔法を発動する。

今回は冷静に魔法を繰り出す。魔力による衝撃波を叩き込むだけで——教団員らしき人たちが吹き飛んだ。

十二人の教団員を、私は一撃で倒すことに成功していた。

カレンが囁く。

「あの仮面の男、仲間が倒されたのに動こうとしないのは不自然です。おそらく、あの近くに罠を仕掛けているのでしょう」

「わかりました」

ゲーム通りなら聖魔力に反応して転移させる罠がどこかに仕掛けられているはずだ。

私はカレンの言葉に頷くと、仲間が倒され立ち尽くす仮面の男を眺《なが》める。

「レックス殿下がその男に攻撃しようとするのを、咄嗟に腕を掴んで止めた。

「レックス殿下。あの男の近くには、カレンの言うとおり罠があるはずです。深追いするべきではありません。……ロウデス教については倒れている人を捕まえて聞きましょう」

「そ、そうか……俺としては、このまま逃がしたくはないのだけどな」

「リリアンさんの力を目の当たりにしてなお逃亡しないのを見ると、カレンさんとリリアンさんの言うとおり、逆転の策がありそうだ……迂闊に近寄るのは危険だね」

「……そのようですね」

レックス殿下とロイは納得し、ルートは周りに新たな敵がいないか警戒している。

動く様子のない仮面の男に向かって、私は口を開いた。

「貴方の考えはお見通しです――ダドリック」

「ダドリックだと？　確かに背格好は似ているが……」

「それなら、確認してみましょう」

私は杖を振り下ろすことで魔力を稲妻に変えてフルフェイスマスクの男に叩き込む。

あの仮面……頭部に受けたダメージを肩代わりできる魔道具だ。

ゲームでリリアンが同じものを被っていたのを見たことがあるから間違いない。

ゲームだとこの場面では砕くことができず、仮面の人の正体が悪役令嬢リリアンなのは、プレイヤーにしかわからない。

しかし、その仮面は、私の攻撃を受けて砕けた。

唖然とした表情を私に向けるのは――ダドリックだ。

やはり、私の推測は間違っていなかった。

「まさか、リリアンがここまでの魔力を隠していたとはな」

「ダンジョンでの行動が不自然でしたからね……襲ってきた教団員を捕らえずに逃がし、自分の力を誇示することを優先した。本来なら、あなたが敵を見逃しなどしないでしょう」

あの時のダドリックは、レックス殿下が捕らえようとした教団員を助けるために、わざと会話を優先しているように見えた。

そのことも根拠の一つだったけれど、今まで出会った人の中で、一番ロウデス教に付け込まれやすそうな人を考えると……私はダドリックしか思いつかなかった。

プライドをズタボロにされた優等生なんて、操りやすそうだもの。

私とカレンしか状況を把握できていないはずなので、私はみんなに説明する。

「前に……ロウデス教の者が病気を治したのはロウデスだと言ってロイに近づいてきたという話がありましたね。あれで、ロウデス教は人の弱みに付け込んで勧誘する集団なのだとわかりました」

この説明を聞いたロイが納得する。

「なるほど。奴らがダドリックに目をつけたのは、中間試験でレックス君に負けて、リリアンさんと関われなくなった時……か」

「そうです。それに、ダンジョンで着けていたマント、あれは大変貴重な魔道具ですよね。おそらくロウデス教に入った際にもらったのでしょう」

みんなは納得したように頷く。それを聞いていたダドリックが顔を歪《ゆが》めた。

「私を狙う絶好の機会はダンジョンに潜った時、そして今です」

学園外で、それもホーリオ魔法学園での校外授業と違って先生も護衛もいない。

「リリアンさんは、ダンジョンでダドリック君の行動が怪しいと推測したんだね」

実際はゲームの知識が根拠だけれど、今までの話からなんとか理由をひねり出すことができた。

私の説明を聞いていたカレンがホッとしているあたり、私が言い淀んだらフォローしようと思っていたのだろうけど、なにせ年季が違うのだ。

転生してからというもの、なにかしらやらかすたびにごまかすのがうまくなった。いやそれは忘れよう。

私に看破されて、ダドリックは狼狽《うろた》えていた。

仮面で正体を隠しているし、前回レックス殿下に勝ったのだから、と油断していたのかもしれない。

「あなたの負けですよ、ダドリック」

私がそう告げると、ダドリックはレックス殿下を睨《にら》みながら指差す。

「なぜ……なぜだ！　リリアンはオレではなくレックスを、そこの王子を選ぶ⁉」

ダドリックらしい発言だ。

しかしそれに答えたのは、レックス殿下だった。

「リリアンはまだ俺を選んだわけじゃない。リリアンと俺は婚約者だが、リリアンは今も魔法を優先しているし……もしリリアンが婚約を破棄したいというのなら、俺は受け入れるつもりだ」

レックス殿下の言葉に、私は驚愕した。

ゲームではレックスのほうから婚約破棄するのに、この世界のレックス殿下はいつ婚約破棄されても構わないと思っているようだ。

もう、ゲームとはなにもかもが違う。

ダドリックは全身を震わせながら、レックス殿下を睨《にら》みつける。

「まだだ……オレはロウデス教に入ることで力を得た!!」

その力の象徴だと言わんばかりに、ダドリックはマントをひるがえす。

恐らく周囲には例の転移の魔法陣があるはずだけど、それをものともせずダドリックが私のほうに駆けてくる。

「ここで邪魔な奴らを消し、リリアンを手に入れる!!」

とてつもなく強い意志を感じる——カレンから聞いた、ダドリックについての情報を思い返す。

伯爵家の令息で魔法の才能に恵まれながら、親の命令で力を隠すよう強いられていた。そんな抑圧のせいか次第に荒れていき、いつしか問題ばかり起こすようになっていた。

初めての合同授業の時にカレンと決闘して力を認め、徐々に彼女に惹かれるようになる。しかしカレンのそばにいるレックス殿下を憎み、魔法の腕を上げていく。

ダドリックが他の攻略キャラと一線を画すのは、復活した邪神ロウデスとの戦いでカレンの助力なくロウデスを倒すほどの力があるということだった。

カレンが言うには、魔法の腕前のみで言えばゲーム内で最上位らしく……そのダドリックが、ロウデス教の魔道具によって強化されている。

マントの補正によって膨大な魔力を得たダドリックは、私以外の誰も止めることはできない。

今の私でも厳しいくらいだ。それでもダドリックを撃退しようと、無属性魔法を繰り出す。

私の全力を解放した魔力の閃光――魔力のみを消し飛ばす、殺さない為の魔法。

その閃光は間違いなく直撃したのに……触れた瞬間に魔力が四散した。

「無駄だ!!」

「なっ……」

私の攻撃を、マントを使って受け流した⁉

完全に私の魔法を見切っていなければできない芸当だ。

――あんなことができるなんて。

私は思わず呆然と立ちつくす。

「リリアン様、危ない！」

カレンの叫びにハッとして、こちらに迫るダドリックの狙いを理解する。

ゲームではカレンに使われるはずだった転移の魔法陣。それを利用するつもりか。

今の私は全力で魔法を使ったため無防備だ。

ダドリックが加速魔法で一気に迫ってきて——魔力を込めた杖を振りかぶる。

絶体絶命の瞬間——目の前に、レックス殿下の姿があった。

レックス殿下とマントを装備したダドリックでは、勝負にならないだろう。

それでもレックス殿下は、命がけで私を守ろうとしていた。

「ぐっっ!?」

レックス殿下は杖の一撃を剣で受けとめ、その体勢のまま至近距離でダドリックと睨《にら》み合う。

ダドリックは憎しみを込めて、レックス殿下に叫ぶ。

「このっ……邪魔をするなアッ!!」

「断る！　俺はリリアンの婚約者だからな！」

「王子様は力の差が理解できねぇのか!?」

ダドリックが叫びながら踏み込み、杖の先端に膨大な魔力を込める。

地面が陥没して衝撃波が波及し、ロイとルートは動けなくなっていた。

技術もなにもない、ただ夢中でダドリックの杖を剣で受ける……それでも、レックス殿下は一歩も引かない。

「貴様がリリアンを危険に晒すなら、それは絶対に阻止する！」

ゲームではレックス殿下は一度もダドリックに勝てないけど、この世界はゲームとは違う。

互角に戦う姿を見て、私は勝利を信じられる気がした。

そして――レックス殿下が耐え抜き、時間を稼いでくれたお陰で、私は再び魔法が使えるようになった。

「クソッッ!!」

ダドリックが叫びながら後方に大きく跳んだのは、私の魔法を警戒しているからだろう。加えてレックス殿下の動きを止めようと稲妻の魔法を繰り出す。

レックス殿下は剣を振るって弾き飛ばした。

「オレは邪神に魂を売った……貴様を下し！　リリアンを手に入れる!!」

一度勝ったレックス殿下に負けた悔しさ。そして私を手に入れようとする意志……ダドリックは鬼気迫る表情を浮かべ、レックス殿下を殺そうとしていた。

今のダドリックが全力で放つ攻撃を、レックス殿下が耐えることはできないだろう。

「レックス殿下!?」

私は思わず、最悪の光景を想像した。

どう考えても敵わない――そう思ったのに、レックス殿下は稲妻を剣で受けとめていた。

「えっ！」

私は驚き、ダドリックも叫ぶ。

「馬鹿な！　貴様ごときがこの稲妻を防げるわけが……一体なにをした!?」

空から打ちつける稲妻を剣で受けとめながら、レックス殿下はダドリックを睨《にら》む。

「ふん。この程度の力でリリアンを手に入れるか……自惚《うぬぼ》れも甚《はなは》だしい」

「なんだと⁉」

「そもそも！　リリアンを手に入れるという時点で！　貴様は間違っている‼」

叫ぶと同時に力を込めて、レックス殿下がダドリックの前に出た。

稲妻の電撃に全身を震わせながらも、レックス殿下の足は止まらない。

「どうして……」

思わず呟いて、ハッとする。

あの時も、レックス殿下がダドリックと再試合をして勝った時も、私は似たようなことを考えていた。

あの時——ロイは必死に努力したと言っていた。

ダドリックに勝つための必死になったレックス殿下の努力を、私は侮《あなど》っていたのだ。

私に相応《ふさわ》しくなるため、ダドリックを倒すと決意したことが、今この場でも生きている。

そして——ダドリックと互角に戦うレックス殿下は、力強く叫ぶ。

「初めて会った時から、リリアンは自由だった……なにを選ぶかはリリアンが決めることだ‼」

自由——確かに、初めて会った時、私は屋敷から抜け出したりしていたわね。

レックス殿下とは婚約したけれど、私が婚約を破棄したいなら受け入れると言っていた。

私の自由をレックス殿下は望んでくれているようだった。

「ぐっ……」

ダドリックがレックス殿下の気迫に負けて、後方に跳ぶ。

そして――レックス殿下を信じていた私は、その隙を逃さない。

「魔法を受け流す魔道具でも……この魔法は受け流せない!!」

私は全力で稲妻の魔法を放つ。

あのマントには持つ受け流しの能力があるけど、自分の攻撃まで打ち消すことがないよう、特定の属性だけは通るようにしているはず。

その属性とは、ダドリックの得意とする雷だ。

私の推測は当たっていたようで、ダドリックは上空に向かって杖を掲げる。

「このマントの弱点に気づいたようだが！　今のオレに雷の魔法で勝てると思うな!!」

ダドリックは、私が相手でも雷魔法なら勝てると確信しているのだろう。

余裕の表情で、私の稲妻を相殺しようと頭上に杖をかざす。

しかし、ぶつかった魔力は拮抗し、バチバチと火花が散った。

「馬鹿な!?　互角だと!?」

ダドリックは目の前の状況が理解できない様子だ。

それでもダドリックのほうがわずかに強く、私の全力攻撃は掻き消され……私は意識を失いそうになっていた。

膨大な魔法を使った反動で、次の魔法を発動させるまで、時間が必要だ。

ダドリックも私の魔力を掻き消したことで相当疲弊している。

膨大な魔力の衝突による衝撃でみんなは動けなくなっていた。

それでも……この状況の中でも動くことができる人を、私は知っている。

「レックス殿下！」

「っっ……ああ！　俺に任せておけ!!」

――ただ名前を呼んだだけで、なんて嬉しそうにするのだろう。

「ダドリック！　貴様は俺の手で倒す!!」

レックス殿下が硬直しているダドリックに接近すると、ダドリックも剣を抜く。

お互いの剣が激突し、鍔迫《つばぜ》り合いを繰り広げ……ダドリックが叫ぶ。

「オレは最高の力を出せたと確信していた！　それなのにレックス、貴様はオレを上回った!!」

それは、かつてレックス殿下に負けた時の話だろう。どうやらそれが、ロウデス教に入ったきっかけのようだった。

「敗北し、とてつもない激情がオレを襲った……貴様を超えねば生きる資格がない、オレがオレであるために、貴様に勝たなければならないと!!」

叫びを聞きながら……私はカレンから聞いたダドリックの設定を思い出した。

ゲームでは攻略キャラ最強で、レックス殿下の上を行く存在。

本来、ダドリックが負けるはずはない。

けれどこの世界ではゲームと違い、私に相応《ふさわ》しくなるため、レックス殿下は昔から鍛えていた。

その結果、レックス殿下はダドリックを上回った。けれどそのせいで、ダドリックは自分の存在価値を見失ってしまったのかもしれない。

「私のせいで、ダドリックがロウデス教に入った……」

転生した私の行動によって、ダドリックは壊れようとしている。

その時、レックス殿下の叫びが聞こえた。

「悪いのは全てロウデス教だ！　共に生きてきた俺だからこそ知っている！　リリアンはなにも悪くないと、俺だからこそ言える!!」

転生者の私となにも知らないレックス殿下では、考えは違う。

私は私が勝手に生きてしまったせいで、レックス殿下のことを変え、ダドリックがここまで歪《ゆが》んでしまったと思っている。

レックス殿下は、一緒にいたからこそ私は悪くないのだと断言してくれる。

「ダドリック、貴様がロウデス教に入ったのは、貴様の意志が弱かっただけのことだ!!」

レックス殿下の叫びを聞いて……ようやく私は、この世界で生きる自分のことを、受け入れられるような気がした。

「ぐぉぉぉぉっっ!?」

レックス殿下の力が強まり、ダドリックが仰《の》け反る。

競り負けたことにショックを受けたダドリックは硬直し、逆にレックス殿下は好機だと言わんばかりに力強く踏み込む。

レックス殿下が剣を振り抜くと、魔力を込めた強烈な一撃にダドリックは吹き飛び――

私たちは、勝利したのだった。

エピローグ　一学期を終えて

一学期最後の校外学習——どこへ行くかは好きに選べるみたいで、私たちはホーリオ魔法学園時代に何度か来たことがある、魔力領域の草原地帯にやってきていた。

あれからダドリックとロウデス教団員は、先生たちを呼んで運んでもらった。

ダドリックが仕掛けていた魔法陣が証拠になり……ダドリックは退学になるらしい。

それから捕らえた人たちを尋問したけれど、記憶消去の魔法がかけられていたみたいで、ロウデス教について知ることができなかったと聞いている。

それに関してはゲームでもこの時点ではなにもわからないみたいだから、仕方ない。

校外授業を終えて、日常は平和に過ぎていく。

そして一学期の学期末試験を終え——レックス殿下は、どこか不満げな様子だった。

「レックス殿下、試験は中間試験と同じ三位なのに、なにか気になることでもあるのですか？」

私がこうしてレックス殿下を心配するのは、いつもと逆だ。

一緒に来てくれたロイ、ルート、カレンも私たちを気にしている。

いつもならレックス殿下が中心になって話が弾むけれど……今日のレックス殿下は珍しくなにも言わず、ただ不満げな表情を浮かべていた。

「いや……ダドリックの奴がいないと張り合いがないと思ってな。ロイは俺と張り合うつもりはないようだし、カレンとリリアンには追いつける気がしない」

「僕は聖魔力のことを極めたいと思っているからね。ダドリック君は転校したみたいだし、もう会うことはないんじゃないかな」

ダドリックは両腕に枷《かせ》をつけて別の魔法学園に転校した。その枷《かせ》は居場所がわかるようになっており、さらに悪事を働こうとすれば魔力が使えなくなるらしい。

外すことは絶対にできないみたいだから、もう関わることはないはず。

ライバルがいなくなり、落ち込んでいるレックス殿下に、言わなければならないことがある。

「レックス殿下が剣技を鍛えてくださったので、ダドリックとの戦いに勝てました。ありがとうございます」

私がお礼を言うと、レックス殿下は一瞬で上機嫌になった。

「そ、そうだな！　ダドリックとはもう関わらないし、俺の力でリリアンを守れたのだから十分だな！」

レックス殿下が強くなろうとしたのは、私を心配して力になろうとしてくれたからだ。

――その私にお礼を言われたことが、レックス殿下にとってはなにより嬉しいようね。

ロイが感心したように呟く。

「一発で立ち直らせるとは、流石《さすが》はリリアンさんだ……結局今回の試験にロウデス教は現れなかったし、ダドリック君の事件の顛末で諦めてくれているといいんだけど」

「ロイ様の言うとおりですね」

ロイの発言にルートが賛同して、レックス殿下も頷いている。

けれど私とカレンは、素直に賛同することはできない。

学期末試験でなにも起きなかったのだから、もうロウデス教が諦めたと考えるのは当然だと思うけど……私とカレンにはゲームでの知識がある。

ゲームでは二学期もロウデス教の暗躍があったから、まだまだ油断は禁物だ。

——それでも。

問題なく、一学期を乗り切ることができた。

今日が一学期最後の授業だから、私は平和な今日を満喫したかった。

そう考えていると、ロイが楽しそうにカレンに告げる。

「去年はリリアンさん、魔力の使いすぎで倒れたんだよね」

それはカレンには言わなかったことなので、黙っていてほしかった。

「そんなことがあったのですか……」

カレンが驚いていると、レックス殿下がどや顔をする。

「リリアンは昔からよく魔法を使いすぎて倒れていたが、俺がそばにいるから大丈夫だ！」

「なるほど。レックス様がいらっしゃるなら、リリアン様は安心ですね」

去年倒れた時には——グリムラ魔法学園に入学してからもレックス殿下が私のそばにいてくれるとは考えられなかった。

カレンが言うには……今のレックス殿下は、ゲームよりも魅力的のようで、私とのこれからを期待しているらしい。

「さて……リリアン。今日はどんな魔法を使う？」

そう楽しそうに微笑むレックス殿下に応えるために――私は足元を眺《なが》める。

「そう、ですね……」

そこにあるのは、枯れた花だけだ。

その花に魔力を流し――土魔法の応用で瑞々しく咲かせ、花の冠を編んでいく。

「リリアン？」

公爵令嬢とは思えない行動。

花冠を編む私の姿を、皆は見守ってくれる。

「リリアン様は自由ですね」

カレンはそう言って微笑みを浮かべる。

……もしかしたらカレンも、自分の子供時代を思い返しているのかもしれない。

転生前の、小さな頃の記憶を必死に呼び覚まして、私は綺麗な花の冠を完成させた。

これは今の私の魔法の技術と、転生前の私の技術で作られた――私の集大成ともいえる冠だ。

「へぇ、器用だね」

「そ、そうだな！　魔法を使わないことに驚いたが、素晴らしい出来だ!!」

「はい。流石《さすが》はリリアン様です！」

転生する前の私は手先が器用だった……昔を思い出して、私は花冠を頭に飾る。

これは──転生前の私が出来なかったことだった。

花冠をかぶるなんて、見せる相手もいないし、似合うわけがないと思っていた。

「レックス殿下……どう、でしょうか？」

今は──この姿を、レックス殿下に見せたい。

レックス殿下が王冠をかぶることになれば、私もかぶることになるかもしれない。

それでも──今の私は本物の冠よりも、花冠をつけた姿を、レックス殿下に見てほしかった。

そんな私の態度に、みんなは驚いている。

今までレックス殿下にこんなふうに甘えたことはなかったから。

そう思うと急に恥ずかしくなるけど……後悔はしていない。

「ああ！　そ、そうだな！　似合っているぞ！　流石《さすが》は俺の婚約者だ‼」

感激するレックス殿下を、ロイとルートとカレンはなにも言わずに見守っている。

……好きだと言ってほしかったけど、仕方ない。私から言ってみせよう。

「はい……私は、レックス殿下の婚約者ですから」

おかしいな。好きですからと言いたかったのに、こうして面と向かうと、やっぱり言えなかった。

──きっと……レックス殿下も、同じ気持ちなのでしょうね。

この世界はゲームの世界かもしれないけど、まぎれもなく、私の生きる世界だ。

レックス殿下とこうして一緒に過ごす日々を──私は心から望んでいた。

新＊感＊覚ファンタジー！

レジーナブックス Regina

レジーナブックス Regina

身代わり令嬢、奔走中!

妹ばかり可愛がられた伯爵令嬢、
妹の身代わりにされ
残虐非道な冷血公爵の嫁となる1～2

赤村咲《あかむらさき》
イラスト：RAHWIA

実の両親から冷遇されてきた、伯爵令嬢アネッサ。おまけに、化け物と噂される残虐な公爵のもとに、妹の身代わりとして嫁ぐこととなってしまった！　けれど可愛い可愛い妹のため、覚悟を決めて公爵家を訪れたところ、意外にも彼は噂ほど冷血な人ではないようで――天然令嬢には、冷血公爵の策略もすべて空回り!?
ネットで大人気の恋愛ファンタジー、ついに書籍化！

詳しくは公式サイトにてご確認ください。
https://www.regina-books.com/

携帯サイトはこちらから！

新＊感＊覚ファンタジー！

レジーナブックス Regina

レジーナブックス Regina

悪役令嬢の空回りラブコメ!

なんで婚約破棄できないの⁉

稲子《いねこ》

イラスト：縞

伯爵令嬢のキャサリンは、とある事故がきっかけで、自分が悪役令嬢に転生していることに気づく。このまま王子レオナルドと婚約すると、後に彼の恋の障害となり処刑されてしまう！　と焦ったキャサリンは、なんとか婚約が成立しないように動くが、逆に一目惚れされ婚約者に。その後もレオナルドの猛アプローチと策略により、婚約破棄計画は失敗してばかりで――

詳しくは公式サイトにてご確認ください。

https://www.regina-books.com/

携帯サイトはこちらから！

RC
Regina COMICS
自称 悪役令嬢な婚約者の観察記録。
1~5
シリーズ累計
66万部
突破!!
(電子含む)
原作 = しき
Presented by Shiki & Natsume Hasumi
漫画 = 蓮見ナツメ
アルファポリスWebサイトにて
好評連載中!!
自称 悪役令嬢な婚約者の観察記録。
原作:しき 漫画:蓮見ナツメ
5
66万部 突破!!
アルファポリス
あの…えっと……
私が伴侶って、もう
決定事項ですの!?
大好評発売中!!
\異色のラブ(?)ファンタジー/
待望のコミカライズ!
優秀すぎて人生イージーモードな王太子セシル。そんなある日、侯爵令嬢バーティアと婚約したところ、突然、おかしなことを言われてしまう。
「セシル殿下! 私は悪役令嬢ですの!!」
……バーティア曰《いわ》く、彼女には前世の記憶があり、ここは『乙女ゲーム』の世界で、彼女はセシルとヒロインの仲を引き裂く『悪役令嬢』なのだという。立派な悪役になって婚約破棄されることを目標に突っ走るバーティアは、退屈なセシルの日々に次々と騒動を巻き起こし始めて——?
アルファポリス 漫画 検索
B6判 / 各定価:本体680円+税

Regina COMICS
大好評 発売中!!
メイドから母になりました 1～7
原作 夕月星夜 Seiya Yuzuki
漫画 月本飛鳥 Asuka Tsukimoto
アルファポリスWebサイトにて
好評連載中!
転生して凄腕メイドになった元女子高生。
愛娘が突然、精霊と契約しちゃいました!?
シリーズ累計40万部突破!! 子育てファンタジーコミカライズ!
アルファポリス 漫画 検索
(電子含む)
シリーズ累計40万部突破!
子育てファンタジー
待望のコミカライズ!
異世界に転生した、元女子高生のリリー。
ときどき前世を思い出したりもするけれど、
今はあちこちの家に派遣される
メイドとして活躍している。
そんなある日、王宮魔法使いのレオナールから
突然の依頼が舞い込んだ。
なんでも、彼の義娘《むすめ》・ジルの
「母親役」になってほしいという内容で――?
B6判・各定価:本体680円+税

この作品に対する皆様のご意見・ご感想をお待ちしております。

おハガキ・お手紙は以下の宛先にお送りください。

【宛先】

〒150-6008 東京都渋谷区恵比寿4-20-3 恵比寿ガーデンプレイスタワー8F
（株）アルファポリス　書籍感想係

メールフォームでのご意見・ご感想は右のＱＲコードから、
あるいは以下のワードで検索をかけてください。

アルファポリス　書籍の感想　検索

ご感想はこちらから

本書は、「アルファポリス」（https://www.alphapolis.co.jp/）に掲載されていたものを、
改題・改稿のうえ、書籍化したものです。

悪役令嬢《あくやくれいじょう》に転生《てんせい》するも魔法《まほう》に夢中《むちゅう》でいたら王子《おうじ》に溺愛《できあい》されました

黒木 楓（くろき かえで）

2021年 3月 5日初版発行

編集－渡邉和音
編集長－塙綾子
発行者－梶本雄介
発行所－株式会社アルファポリス
〒150-6008 東京都渋谷区恵比寿4-20-3 恵比寿ガーデンプレイスタワー8F
TEL 03-6277-1601（営業） 03-6277-1602（編集）
URL https://www.alphapolis.co.jp/
発売元－株式会社星雲社
〒112-0005 東京都文京区水道1-3-30
TEL 03-3868-3275
装丁・本文イラスト－黒裄
装丁デザイン－AFTERGLOW
（レーベルフォーマットデザイン―ansyyqdesign）
印刷－中央精版印刷株式会社

価格はカバーに表示されてあります。

落丁乱丁の場合はアルファポリスまでご連絡ください。

送料は小社負担でお取り替えします。


ISBN978-4-434-28568-4 C0093